Ik denk
zig een b
tegen d

Erger my ook altyd een
beetje by hem aan
dat Sadisme

Dirk Sr. 24-8-2023

CW01665398

RED ONS, MARIA MONTANELLI

Van Herman Koch verscheen eveneens bij uitgeverij Anthos

Eten met Emma
Odessa Star
Denken aan Bruce Kennedy
Het diner

HERMAN KOCH

RED ONS, MARIA MONTANELLI

Anthos | Amsterdam

Eerste druk 1989
Zestiende druk 2010

ISBN 978 90 414 1659 9

Deze uitgave verscheen eerder bij uitgeverij J.M. Meulenhoff
Omslagontwerp Roald Triebels, Amsterdam
Omslagillustratie © Robert Jones/Arcangel Images/Imagestore
Foto auteur Merlijn Doomernik

Verspreiding voor België:
Veen Bosch & Keuning uitgevers n.v., Wommelgem

Voor Amalia

1

Het verhaal dat ik wil vertellen gaat over de zwakbegaafde jongen. Hij heette Jan Wildschut, wat precies de goede naam is voor iemand van wie het hoofd niet helemaal in orde is. Hij had een dik, een beetje opgeblazen gezicht, en zowel in de zomer als in de winter droeg hij een sjaal en wanten. Ik heb nooit begrepen waarom de ouders van een kind dat achterlijk is, hem daarbij ook nog de verkeerde kleren aantrekken, zodat het nog meer opvalt. In de pauze stond hij in zijn winterjas op het schoolplein en kauwde langzaam op zijn boterhammen, die hij uit een plastic doos met deksel haalde, waarbij er altijd een paar broodkruimels op zijn kin bleven hangen en er ook wat speeksel uit zijn mondhoeken naar beneden liep. Het was zo'n zielig gezicht dat je had willen weten wie die ouders waren, dat ze hem daar zo in zijn veel te warme kleren broodkruimels lieten morsen en kwijl langs zijn kin lieten druppelen. Maar als ik zeg een zielig gezicht, dan is dat ook niet helemaal wat ik bedoel. Het was vooral een stom gezicht. Dat is eigenlijk precies waar het om draaide: dat je aan de ene kant medelijden voelde met de zwakbegaafde jongen en dat je het liefst iets heel aardigs tegen hem zou willen zeggen om hem te laten merken dat je hem helemaal niet stom vond, of gewoon omdat hij zich dan misschien wat gelukkiger zou voelen en niet steeds zo triest zou kijken, maar dat je aan de andere kant vooral zin had om er eens flink op te timmeren, om net zo lang met je vuisten op dat stompzinnige gezicht te beuken totdat het zou gaan krijsen en grienen, en met gescheurde kleren op zijn knieën naar het kantoor van het hoofd van de school zou kruipen om daar in stamelende zinnen zijn beklag te doen.

Ik wil er hier meteen duidelijk over zijn dat het vooral het laatste was, wat ik graag wilde zien. Natuurlijk heb ik ook mijn menselijke kant, en wilde ik best een arm om de schouders van de zwakbegaafde jongen heen slaan en iets liefs tegen hem zeggen en hem laten merken dat ook gewone mensen heus wel van iemand kunnen houden die niet helemaal zo is als je gewend bent, maar als ik echt eerlijk ben dan wilde ik niets liever dan hem er flink van langs geven tot hij gillend om genade zou smeken, en daarna zou ik hem eventueel willen vertellen dat het allemaal best meeviel, dat het echt niet zo erg was, en dat ook hij misschien wel gelukkig zou kunnen worden, al was hij dan niet goed, en al die onzin die de mensen maar al te graag willen geloven zelfs al zijn ze helemaal niet eens zwakbegaafd. Als je maar lang genoeg tegen iemand aan lult hoe leuk hij is, en hoe fantastisch, en welke meisjes hem allemaal geweldig vinden en dat hij iedereen kan krijgen die hij maar wil, op het eind geloven ze je allemaal, dat is mijn ervaring.

Waar dit verhaal in de eerste plaats over gaat is hoe de zwakbegaafde jongen op onze school de dood heeft gevonden. Ik weet ook best dat de dood gevonden gewichtiger klinkt dan gewoon dood gegaan, maar dat is nou eenmaal hoe ik ben. Ik houd van zinnen die precies zeggen waar het om draait terwijl ze tegelijkertijd ook nog mooi klinken. Ik herinner me nog heel goed wat mijn vader zei toen mijn moeder erg ziek was en het er behoorlijk op begon te lijken dat ze nooit meer haar bed uit zou komen. We zaten naast elkaar op de voorbank van die witte Fiat die hij toen net had gekocht, op een parkeerplaats tegenover onze voordeur, en buiten was een storm aan de gang die het allemaal nog veel erger maakte dan het toch al was. De regen liep in stromen over de voorruit. Wanneer je het in een film zou zien, zou je het niet eens geloven, zo dik als de natuur het er soms bovenop legt. Het ontbrak er nog maar aan dat de ruitenwissers niet aanstonden, maar soms, als mijn gevoelens te veel worden, probeer ik het een beetje van een afstand te zien: een vader en een zoon in een geparkeerde auto, pratend over een moeder die aan de overkant en drie verdiepingen hoger een beetje dood ligt te gaan, terwijl het net lijkt of die auto zelf staat te janken en met zijn zwiepende ruitenwissers de tranen uit zijn ogen veegt, dat zijn dingen waar je in de bioscoop van over je nek gaat, maar ik zat daar echt met een stevige brok in mijn keel en wilde graag meedoen met al dat natuurgeweld dat er buiten gaande was, maar dat ging nou juist helemaal niet. Dat kwam omdat toen ik aan mijn vader vroeg hoe het er nou eigenlijk echt voor stond, hij zei 'dat het niet lang meer zou duren'. 'Het zal niet lang meer duren...' dat was letterlijk wat hij zei, met zo'n uitgestreken en veel te ernstig gezicht, maar je kon duidelijk zien dat hij zelf ook niet goed raad wist met de situatie en er behoorlijk van ondersteboven was allemaal, al had hij dan al zeker vier jaar een zogenaamde buitenechtelijke verhouding met een weduwe die amper drie blokken verderop op zijn hartverwarmende komst zat te wachten, maar daar wil ik het nu even niet over hebben.

Het zal niet lang meer duren... Het is net of je zo'n zin al tweehonderd jaar eerder hebt gehoord voordat je hem ook echt uit iemands mond hoort komen. Voor de allerergste dingen hebben de mensen zinnen uitgevonden die zo eenvoudig klinken dat je ze wel duizend keer achter elkaar kunt zeggen zonder dat de betekenis echt tot je door wil dringen, terwijl ze tegelijkertijd als een soort valbijl in de lucht blijven hangen. Ik keek op dat moment naar het gezicht van mijn vader, terwijl de storm de Fiat op zijn vier banden deed schudden en de ene veeg slagregen na de andere tegen de voorruit aan liet kletteren, en ik wist zeker dat alles van nu af aan heel anders zou worden. Heel anders dan daarvoor in elk geval, maar wat precies 'daarvoor' was, daar had ik eigenlijk al nauwelijks benul meer van toen wij uit de auto stapten en met opgestoken kragen door de donkere straat in de richting van onze voordeur liepen. Dat iets niet lang meer zal duren, dat betekent toch niets meer of minder dan dat alles wat daarvóór is gebeurd al veel te lang heeft geduurd, zo zie ik dat tenminste, maar zo'n zin kun je onmogelijk helemaal zelf bedenken, nee, daar zou je van je leven nooit op gekomen zijn.

Dat de zwakbegaafde jongen de dood heeft gevonden, staat als een paal boven water. Wat ik moet doen om het allemaal duidelijk te maken, is zo goed mogelijk vertellen op wat voor soort school wij eigenlijk zaten voordat we eraf werden getrapt, en waar die staat, in wat voor buurt, en hoe het voor een deel ook daardoor komt dat uitgerekend een zwakbegaafde jongen daar de dood vindt. De dood vínden, dat wil volgens mij trouwens zeggen dat iemand het slachtoffer is van meer dan één omstandigheid tegelijk, als ik zo duidelijk genoeg ben. Dat het niet alleen aan ons lag. Daar wil ik mee beginnen.

2

De buurt waar wij wonen moet je met je eigen ogen gezien hebben om het te geloven, en dan nog blijft het soms moeilijk. Je begrijpt niet dat iemand daar vrijwillig gaat wonen. Wij komen oorspronkelijk uit een andere stad, en dat huis was al geregeld door de krant waar mijn vader werkt, dus dat was makkelijk. Wat mij alleen altijd heeft verbaasd, is dat mijn ouders niet meteen hebben ingezien dat je in zo'n buurt geen kind mag laten opgroeien. Je hoeft alleen maar de hoofden van de mensen te zien die daar rondscharrelen, en dan weet je al genoeg. Van die opgefokte menopauzekoppen waar je werkelijk schele hoofdpijn van krijgt als je dat te lang aan moet zien hoe ze in hun dure bontjassen hun eigen weerzinwekkende spiegelbeeld in de etalageruiten lopen te bewonderen, of van die te dikke of juist veel te dunne mannen die daar in hun maatpakken ook een beetje gezellig lopen te winkelen of ze niks beters te doen hebben. Er is één grote winkelstraat, waar ook de tram doorheen rijdt, maar als je daar bijvoorbeeld gewoon een brood wilt kopen, dan moet je daar zo ongeveer in verder gestudeerd hebben om al die namen uit elkaar te houden. Het is allemaal grofkorrelige zuurdesem en onverzadigde graanrollen tegen de kanker en de spataderen en de bloedspuiters wat de klok slaat. Verder zijn er zo ongeveer honderdvijftig banketbakkers en delicatessenwinkels. Die laatste zijn het ergst, daar kun je je geen voorstelling van maken als je niet een keer zelf hebt gezien wat daar achter de toonbank staat. Van hun onderbroek tot uit hun stroperige tuitmondjes stinken ze naar de buitenlandse kaassoorten en de fijne vleeswaren. Als je je indenkt hoe zo'n mond van een geitenkaasje proeft, heb je meteen al geen trek meer. Het komt allemaal door het geld, waar er gewoon te veel van is, dan krijg je vanzelf dat mensen niet meer op mensen gaan lijken maar op iets nog veel ergers. Het is te verschrikkelijk om op te noemen als je erover nadenkt.

In de oorlog hebben de Engelsen de buurt een keer gebombardeerd, omdat in ons schoolgebouw het hoofdkwartier van de Duitse geheime politie zat. Die school hebben ze mooi gemist, alleen een paar blokken eromheen lagen helemaal in puin. Je kunt nu nog zien waar de huizen nieuwer zijn, waar die bommen zijn gevallen, en ook de bomen zijn daar dunner, want die hebben ze dus pas na de oorlog weer opnieuw aangeplant. Als er ooit weer oorlog komt, hoop ik dat ze het dan beter zullen doen. De hele volgende oorlog mag wat mij betreft in onze buurt worden uitgevochten. Soms, als ze op maandag het luchtalarm laten loeien, om te oefenen, dan stel ik me voor dat er plotseling een Spitfire naar beneden komt duiken om die hele duffe en verwende kankerbuurt eens goed onder vuur te nemen, dat ze in paniek alle kanten op spurten, want een beetje gewone drukte en een beetje leven, dat is nou precies waar het aan ontbreekt. Ze hebben het geprobeerd door in die winkelstraat een paar terrasjes neer te zetten, maar voordat je daarop gaat zitten… In een bloedhete kamer met de gordijnen dicht krijg je nog meer frisse lucht.

Laatst nog stond ik bij de slager weer naast zo'n trut met veel te veel bont om haar stuitende lijf, en met veel te dikke lagen pancake op haar een en al faceliftgezicht, en ik kan uit eigen ervaring zeggen dat eentje per dag werkelijk meer dan genoeg is. Hoe ze met zo'n tevreden en verwend uit de hoogte-toontje een half onsje van dit en een half onsje van dat stond te bestellen. Als ik slager was zou ik al mijn zelfbeheersing nodig hebben met al die messen om me heen. Maar zo'n man blijft de hele tijd geduldig en beleefd, en zegt na afloop: 'Hartelijk dank, mevrouw Van Drimmelen... Graag tot ziens, mevrouw Van Drimmelen...' je kunt het ze ook niet kwalijk nemen, ze moeten er tenslotte van leven. Maar er zijn wel verschillen. Dirk bijvoorbeeld, de jongen die bij de groenteman werkt, heeft me een keer verteld hoe ze het daar aanpakken om er niet aan onderdoor te gaan. Wanneer zo'n overgespoten stoephoer bijvoorbeeld één ui wil hebben, en die zegt tot vier keer toe: 'Nee, geef me toch maar die andere, die ziet er beter uit...' want dat doen ze rustig, zonder enige schaamte, dat de jongens van de groenteman bij elke keer bukken om een andere ui te pakken er een kwartje bij tellen zodat zo'n loeder dan na afloop het driedubbele mag afrekenen. Zo hebben ze toch nog een beetje genoegdoening, maar er zijn andere winkeliers die werkelijk totaal in het stof kruipen en zich in de meest wellustige bochten kronkelen om zich maar zo diep mogelijk te kunnen vernederen. Die van de delicatessenwinkels gaan daar het verst in. Het is dan ook een moordende concurrentie. Wie het eerst de dunst gesneden achterham uit Bulgarije of de Nigeriaanse sperzieboontjes heeft laten overvliegen, daar gaat een normaal mens uiteindelijk ook van naar de knoppen. Met zulke types is elk contact onmogelijk, omdat ze de gewone omgangsvormen als honderdtwintig jaar geleden zijn vergeten. Hoe je van mens tot mens met elkaar kunt spreken, daar hebben ze alleen maar vage herinneringen aan, en soms zou je denken dat ze die het liefst ook nog uit zouden willen wissen. Nee, in onze buurt is de klant geen koning maar iets waar je beter niet te lang over moet gaan piekeren om niet zelf ook doodziek te worden. Je moet ernaast hebben gestaan om te weten dat het niet verzonnen is.

Die weduwe waar mijn vader het mee houdt, is er ook zo een als die in die slagerswinkel. Zo'n vrouw die als een fregat over straat zwenkt en alleen maar oog heeft voor haar eigen uitstraling. Ik heb natuurlijk geen idee van hoe ze werkelijk is, ik heb alleen maar een beeld van samengeknepen make-up-ogen en een op de hele wereld neerkijkende blik en daarnaast de dingen die mijn vader me weleens vertelt, want daar heeft hij dus totaal geen gevoel voor, wat een zoon wel en niet aan wil horen. Hij geniet er gewoon van om een beetje van die fantastische liefde van hem op te geven, en voor hem doet het er blijkbaar weinig toe wie er wil luisteren. Ik kan dat ook wel begrijpen, want vrienden heeft hij niet. Dus de enigen aan wie hij wat kwijt kan, waren vroeger mijn moeder en nu alleen ik, en ik weet ook niks beters te verzinnen dan maar een beetje te knikken, wat voor hem blijkbaar voldoende is, want als hij eenmaal van wal steekt is er geen houden meer aan.

Nee, hij heeft het zonder meer hoog in zijn bol van die vrouw. Op een keer vroeg hij me hoe oud ik eigenlijk dacht dat ze was. 'Eenentachtig,' zei ik voordat ik tijd had om er echt over na te denken, en het gezicht dat mijn vader toen trok, daar had je de hele slotscène van een avondvullende speelfilm omheen kunnen bouwen, een regisseur zou er jaloers op zijn geweest want ook na honderd keer repeteren krijg je het er niet zo perfect op, die kop een beetje scheef, met zo'n trieste hondenblik van iemand die zegt: 'Ik ben niet boos, alleen maar verdrietig…' zo'n soort hoofd… dat de tranen je spontaan in de ogen springen. Ik had er eigenlijk meteen al spijt van dat ik dat had gezegd. Het was met opzet voor open doel en alleen al daarom te lullig om zelf te verzinnen, en ik kreeg werkelijk met hem te doen, het lijkt soms ook wel of hij nergens iets van begrijpt, wat niet goed is als je dat zelfs maar dénkt over iemand die al met al toch je vader is.

Toch was het ook weer niet helemaal uit de lucht gegrepen, want jonger dan zestig is dat mens zeker niet, maar hij heeft geloof ik echt het idee dat hij het een of andere oogverblindende fotomodel aan de haak heeft geslagen, zo eentje die in de reclames langs het strand en door de golven heen loopt te rennen. De eerste keer dat ik haar met mijn eigen ogen zag, was toen mijn moeder me haar aanwees in een schoenwinkel bij ons om de hoek, waar we op een middag naar toe waren gegaan om nieuwe schoenen voor mij te kopen. Die winkel heet *Chaussures Modernes*, dat is Frans voor moderne schoenen, maar het enige dat je daar nou net niet kan krijgen dat zijn moderne schoenen. Ik zei dus juist tegen mijn moeder dat ik het helemaal niks vond wat zo'n veel te dun, op haar hakken wankelend schoenenmeisje allemaal uit haar dozen voor ons aan het uitstallen was, toen mijn moeder me aanstootte en in mijn oor fluisterde: 'Kijk, daar heb je d'r...'

Ik wist gelijk wie ze bedoelde. Ik keek in de richting waarin ze met haar hoofd had gewezen, en wat ik zag ging nog net een stapje verder dan alles wat ik me uit alle verhalen aan voorstellingen bij elkaar had gefantaseerd. Waar ik eigenlijk al die tijd bang voor was geweest, namelijk dat het allemaal nog best mee zou blijken te vallen, dat de veel verguisde buitenechtelijke bijslaap van mijn vader zich in haar ware gedaante als 'een enig mens' zou ontpoppen, of, wat nog veel erger zou zijn, plotseling inderdaad een oogverblindende beauty was waarvan je bij de aanblik alleen al ter plekke in een wolk van stoom door de grond heen zou smelten, die angst werd in één klap de bodem in geslagen.

Wat ik zag was namelijk veel erger dan ik in mijn stoutste dromen had durven hopen. Ze stond voor een vitrine met van die doorschijnende sjaals en chique damestasjes en was in gesprek met een van de schoenenmeisjes, op amper een meter of acht van ons af. De nauwelijks bij haar popperige en schriele lijf passende luipaardjas kon eventueel nog wel door de vingers worden gezien, evenals de ronduit stuitende lakschoenen en de zwarte laktas die ze aan haar arm droeg, maar natuurlijk keek ik in de eerste plaats naar haar gezicht, en daar gaat het nu om.

Ze had in elk geval het verkeerde kapsel, alsof het in een windtunnel was geknipt, en met een veel te hoge kruissnelheid voor haar leeftijd. Het leek trouwens helemaal wel of die kop bij de nek te hard was aangedraaid, zodat de huid geen kant meer op kon, die zat gewoon veel te strak, alsof hij elk moment kon scheuren als ze ook maar zou proberen te glimlachen. Een mooie neus had ze wel, daar kon ook ik niet onderuit, heel slank en spits en met een soort adellijke boog. Ik herinnerde me dat mijn vader me een keer een afbeelding had laten zien in een boek over archeologische opgravingen, een beeldje van een of andere vrouwelijke farao, of misschien was ze alleen maar de vriendin van een farao, daar kan ik nu even niet op komen, maar de reden waarom hij me dat liet zien was dat ze volgens hem daar zo sprekend op leek, zijn vriendin. Nefertite heette ze, die farao of faraovrouw, en ze was heel erg mooi. Hij dacht dus echt dat hij iets met Nefertite had. Er was veel fantasie voor nodig, maar toen ik haar daar zag in die schoenwinkel, begreep ik wel wat hij bedoelde. Het kwam door die neus, maar dat was dan ook het enige. Daaronder had ze weer een mond die het weinige dat er toch al nauwelijks was, weer volkomen in het niet deed vallen, van die verwende lippen die met een en al afkeuring van de allerduurste champagne proeven en waar je alleen maar de allerfijnst gesneden zalm doorheen krijgt. Daarentegen had ze bijna verdrietige ogen, heel groot en rond, die wat angstig de wereld in keken, alsof ze bang was dat ze ondanks al haar geld elk moment door het personeel van de schoenwinkel bij de kraag kon worden gegrepen en de straat op zou worden geschopt. Nee, wat ik zag was zonder meer geruststellend te noemen, maar vreemd genoeg was wat ik voelde toch vooral een zekere teleurstelling.

'Wat een sloerie!' zei ik, toen mijn moeder en ik langs de glanzende etalageruiten van de winkelstraat naar huis liepen. Mijn moeder zei niets, maar toen ik opzij keek, zag ik dat ze toch even moest glimlachen. Die avond aan tafel bestudeerde ik nauwlettend het gezicht van mijn vader, terwijl hij met de altijd even onhandige bewegingen de vispastei uit het ovenschelpje lepelde, en ik probeerde me voor te stellen hoe dat gezicht het hare naderde, hoe zijn lippen langs de afkeurende mond van de weduwe streken, hoe mijn vaders mond zich op de hare zou drukken en de verwende lippen in de luipaardjas zich ten slotte gewonnen zouden geven.

Het hoofdgerecht was zeetong. Als altijd maakte mijn moeder de vis voor hem schoon, want daar bracht hij dus nooit iets van terecht. Mijn vader en eten, dat is echt een verhaal apart. Met een mengeling van angst en pure walging benadert hij de gerechten altijd met vork en mes, om ze op die manier zo lang mogelijk op afstand te houden, tot je ze uiteindelijk toch in je mond moet steken. Iets met je handen aanraken, dat zal bij hem in zijn hoofd niet opkomen, en het schoonmaken van een vis, dat vindt hij waarschijnlijk net zo erg en smerig als de hechtingen uit een verse brandwond te moeten halen. Mijn moeder kookte helemaal niet slecht, ze deed in elk geval altijd haar best om het bijzonderder te laten lijken dan het was, zoals met die ovenschelpjes terwijl het net zo goed in een gewoon bakje kon, maar het zag er in zo'n echte schelp heel professioneel uit, dat moet worden gezegd. Nee, via een huwelijksadvertentie hadden die twee elkaar nooit gekregen, want dan was die ballon al ruimschoots van tevoren doorgeprikt. *Houdt van lekker koken*, zou er bij mijn moeder hebben gestaan, en bij mijn vader *walgt van eten*, dat wil zeggen zolang het niet flink met suiker en slagroom is aangelengd, want het zogenaamde dessert, dat is waar zijn gretige blik dwars over alle hinderlijke voor- en hoofdgerechten heen in alle concentratie op gericht blijft.

Zo kookte mijn moeder avond in avond uit voor een lege zaal, want aan mij had ze wat dat betreft ook niet veel. Ik hou van eten met een bord op mijn schoot, witte broodjes met hardgekookte eieren of haring of pekelvlees, als je er tegelijkertijd maar iets bij kan lezen, liefst een stripboek voor de honderddertigste keer, of terwijl je naar een film kijkt op de televisie, zo'n documentaire waarin ze met machinegeweren door de straten rennen en met pantserwagens het een of andere oproer uit elkaar jagen. Het klinkt misschien lullig, want ik wens niemand een oorlog toe, maar ik word daar gewoon rustig van en zo kan ik tenminste eten, wanneer er tegelijkertijd iets anders is en niet eten alleen, en vooral niet aan een tafel, waarbij je tussen het kauwen door allerlei domme gesprekken zit te voeren terwijl je alleen maar met rust gelaten wilt worden. Hoe dan ook, ik deed tenminste alsof, om mijn moeder niet al te veel voor haar hoofd te stoten, want een beetje welwillend publiek daar kan niemand zonder.

Met mijn vader was het anders. Die kreeg het gewoon niet voor elkaar om zelfs maar de schijn van gezellig zitten te eten op te houden. Het straalde van zijn gezicht af dat hij het liefst heel ergens anders zou willen zijn, en in elk geval niet zijn tong wilde branden aan de veel te verfijnde en bloedhete hapjes die mijn moeder ons tegen beter weten in voorschotelde.

Toen zij de gefileerde vis op zijn bord schoof, wees hij met zijn vork op een wat apart liggend gelig stuk orgaan waar allemaal fijne blauwe adertjes doorheen liepen.

'Wat is dat?' vroeg hij.

'Dat is waar de stront doorheen gaat,' zei ik.

Met een ruk stond mijn vader op en liep de kamer uit.

'Waar ga je heen?' vroeg mijn moeder.

'Ik heb geen trek meer,' zei hij en sloeg de deur achter zich dicht.

Zo ging het wel vaker. In plaats van mij van tafel te sturen, zoals het eigenlijk zou horen, trok hij uit eigen beweging zelf aan het kortste eind. Ik grijnsde naar mijn moeder, prikte het orgaan van mijn vaders bord en stak het in één keer in mijn mond. Maar mijn moeder keek eerder bedroefd, wat nu juist helemaal niet de bedoeling was. In dit huis was er maar één de schuldige, en die wist dat maar al te goed, zodat hij er wel voor uitkeek om al te hoog van de toren te blazen, want dan zou mijn moeder gegarandeerd partij voor mij trekken en ik andersom natuurlijk ook, daar was nooit een speld tussen te krijgen geweest. Door er zo lafhartig tussenuit te knijpen, nam hij je de overwinning al bij voorbaat uit handen, dat was precies waar het op neerkwam.

Ik herinner het me nog als de dag van gisteren dat ik naar mijn kamer ging terwijl mijn moeder de tafel afruimde en hem toen zag zitten. We hebben in de gang een grote ruit waardoor je in de woonkamer kunt kijken, en daar zat hij, in zijn leunstoel en onder één brandende lamp, in een verder donkere kamer, en met een boek in zijn handen. Hij deed net alsof hij las, maar je zag zo dat het alleen maar een demonstratie was, dat het niet echt was, maar gewoon dat de hele wereld kon zien dat hij zogenaamd rustig in een boek zat te lezen. Op die manier houd je geen boek vast, zoals hij het deed, wanneer je zou weten dat je eigenlijk gelijk hebt, je kon vooral zien dat hij verontwaardigd zat te doen alsof hij werkelijk in alle rust een boek aan het lezen was. Wie hem zo zou hebben zien zitten, had er geen seconde in geloofd, en hij zelf waarschijnlijk al helemaal niet.

In mijn bed dacht ik aan de weduwe in de luipaardjas en aan haar belachelijke lakschoenen en haar veel te jonge haar, en daarna dacht ik aan mijn moeder, die zoveel jonger was en zoveel mooier en leuker, en die desalniettemin net deed alsof ze het allemaal wel uithield om ingewikkelde gerechten klaar te maken voor een man die het niet eens proefde, en ik werd zo razend dat ik dacht, ik moet aan iets anders denken anders doe ik geen oog dicht en lig ik de hele nacht wakker en vragen ze morgen op school of het wel goed met me gaat en dat soort geouwehoer, en dat is nog veel erger. Met mij gaat het namelijk uitstekend, fijn dat er even naar wordt gevraagd, alleen de rest mogen ze wat mij betreft zo naar het abattoir afvoeren. Een krachtig schot van vlakbij recht in de kop, zodat ze niet eens merken wat er daarna nog allemaal met ze gebeurt. Nee, geleden hebben ze niet, tijdens hun leven misschien wel, maar in elk geval niet op het moment dat de trekker werd overgehaald.

3

De school ligt vlak bij ons om de hoek, het is vanaf ons huis minder dan twee minuten lopen, maar ik kwam altijd te laat. Misschien kwam het juist door die twee minuten, ik weet het niet, in elk geval lukte het me nooit om het precies zo uit te mikken dat ik gewoon op tijd kwam. Elke ochtend was het weer hetzelfde liedje dat ik de trappen van ons huis afrende, hijgend de hoek om spurtte en met bonzend hart op de bel drukte, want om tien voor halfnegen deed de conciërge de deur op slot. Wanneer je hooguit een paar minuten te laat kwam, keek hij je alleen maar even streng aan en daarna mocht je doorlopen. Al met al keek hij dan wel streng, maar hij had tenminste een menselijk gezicht, en dat was al heel wat, want daar was het verder lang naar zoeken onder de zogeheten geschoolde werknemers. Maar kwam je echt flink te laat, zeg een kwartier, dan moest je in de hal blijven wachten tot het volgende uur begon.

Mijn noodlot was dat ik het elke ochtend weer voor elkaar kreeg om één of twee minuten na het sluiten van de deur op de bel te moeten drukken, maar dat het me nooit is gelukt om tot een uur wachten in de hal te worden veroordeeld. Ze wisten het allemaal, dat ik vlak om de hoek woonde, en waarom je dan een kwartier te laat zou komen, nee, het zou je een heel leven kosten om dat uit te moeten leggen.

Van buitenaf ziet het gebouw er al zo deprimerend uit dat je niet begrijpt dat al die ouders staan te dringen om hun kinderen daar naar binnen te krijgen. Het komt natuurlijk door het moderne systeem, of wat daarvoor doorgaat. Ze hadden namelijk alles heel goed overdacht op die leuke school van ons, dat iedereen in zijn eigen tempo kon werken en met enorm veel eigen verantwoordelijkheidsgevoel en helemaal op de behoeften van elke leerling persoonlijk afgestemd en al dat soort dingen waar je al hoofdpijn van krijgt als je iemand nou eens echt zou moeten gaan vertellen wat er eigenlijk mee bedoeld wordt. Het Montanelli Lyceum heet het, en het is allemaal bedacht door een mevrouw Maria Montanelli uit Italië die er honderd jaar geleden in de sloppenwijken van Napels mee is begonnen, zodat ook de arme kinderen wat meer kansen kregen in de wereld. Die Maria Montanelli heeft het vast niet slecht bedoeld, wil ik maar zeggen, zij kan er ook geen bal aan doen wat ze er nu voor verschrikkelijks van hebben gebakken, het is goed dat ze het bij haar leven niet meer heeft hoeven meemaken.

Waar het op neerkomt is dat die ouders het blijkbaar aan elkaar doorvertellen, want het is alles van hetzelfde laken een pak wat daar rondloopt. Aan de ene kant heb je die types met artistieke ouders, kunstschilders en beeldhouwers en dat soort, maar vooral veel kinderen met vaders en moeders uit de zogenaamde theaterwereld, ik weet ook niet waar het door komt, van die wijsneuzen die alles beter weten en in de pauze met zo'n vals wegdraaiend toontje over veel te boeiende onderwerpen staan te ouwehoeren,terwijl je tot in hun kleinste gebaartjes kunt zien van wie ze dat allemaal hebben afgekeken.

Ik ben weleens een keer mee geweest naar zo'n gezin waar er een acteur aan het hoofd stond, dan begrijp je ook wel hoe het komt. Het is geen geringe opgave om zelf gewoon gezond te blijven wanneer je een vader hebt die ook thuis de hele dag op de planken staat. Geen zin kwam er bij die man normaal uit zijn bek, het is op de televisie al te erg, maar in het echt weet je helemaal niet meer welke kant je op moet kijken. Met zijn sigaret ergens heel interessant in zijn mondhoek stond hij keihard Franse chansons te zingen, terwijl hij in een schaal de een of andere omelet klaar aan het roeren was, dan dacht hij waarschijnlijk dat hij Yves Montand was. Ik weet niet wat het is met acteurs, maar ze lijken nooit op echte mensen, alleen op elkaar. En aan dat acteren komt nooit een eind, dat gaat de hele dag door. Als die man al jaren dood en begraven onder de grond ligt, trekt hij waarschijnlijk nog steeds de verkeerde kop. Wanneer ik daar 's middags een uur in huis was geweest, had ik 's avonds nog pijn in mijn kaken en wenkbrauwen, je gaat zo'n man vanzelf nadoen, daar is niets tegen te beginnen, dus dan begrijp je ook beter hoe het is voor die kinderen voor wie het doek nooit valt en die continu die tweedehands mimiek en die galmende volzinnen over zich heen krijgen.

Het geldt trouwens voor iedereen met van die artistieke ouders, dat het gewoon niet te doen is om voortdurend die hete adem van het ontzettend creatief moeten zijn in je nek te voelen hijgen. Ik herinner me een jongen van de Montanelli Lagere School, Jurgen heette hij, geloof ik, of Patrick, ja dat was het: Patrick... Je kunt het zo gek niet verzinnen of op die school liep er wel een rond met zo'n naam die je nog niet eens voor een Afghaanse windhond zou durven bedenken, maar deze Patrick had het dus behoorlijk hoog van zichzelf in de bol. Zo'n verwaande en gepijnigde kop dat je automatisch al veertig meter van hem af ging zitten als het even kon. Op een keer tijdens de muziekles vroeg Kromhout, de man die ons eens in de week muziek kwam geven, wat trouwens weinig meer om het lijf had dan het eindeloos zingen van steeds opnieuw dezelfde canons zodat je uiteindelijk bij het woord 'canon' alleen al een natte broek kreeg van pure ellende, maar goed, die Kromhout vroeg dus een keer heel vriendelijk of iemand van ons misschien eens een stukje op de piano wou spelen.

Nu had negenennegentig procent van dat tuig, mijzelf incluis, wel pianoles, of vioolles, of fluitles, of nog iets veel ergers dat er nu eenmaal bij hoorde wanneer je uit nette ouders was geboren en in een nette buurt wilde opgroeien, maar daar gaat het nu even niet om. Waar het hier namelijk wel om gaat is dat deze Patrick dus zuchtend uit zijn stoel opstond, alsof het eigenlijk allemaal een beetje te veel gevraagd was, en met zijn mijmerende blik ergens ver weg op een denkbeeldige horizon gericht achter de piano ging zitten. In de klas kon je zeker honderd spelden horen vallen.

'Dit stuk heb ik gecomponeerd nadat ik een keer ruzie met mijn moeder had gemaakt,' zei Patrick, liet even zijn hoofd zakken, wat voor de concentratie was, en begon te spelen.

Ik heb geen flauw idee meer wat hij precies speelde, maar ik weet zeker dat de bedoelde emotie in het werk hoorbaar moet zijn geweest, het doet er ook niet toe, het stikte daar op die lagere school van de 'Patricks', van die types die al op hun tiende met het penseel in de hand een paar stappen achteruit doen van de schildersezel, de ogen tot fijne spleetjes samenknijpen en mompelen 'dat het met de verdeling van de kleurvlakken nog niet helemaal in orde is...' dat soort veel te interessantdoenerig geouwehoer. Het is iets waar je je hele leven niet meer van afkomt.

Aan de andere kant heb je natuurlijk de kinderen van ouders met gewoon te veel geld. Het kost sowieso al zestien keer zoveel als een normale middelbare school om erop te mogen, dus op die manier valt het gewone volk vanzelf af. Daarbij hebben ze al hun gebouwen heel handig vlak bij elkaar in dezelfde buurt neergezet, de buurt waar het geld op de rug groeit, dus dat is voor die ouders ook lekker makkelijk dichtbij. Montanelli Kleuterschool, Montanelli Lagere School, het Montanelli Lyceum, het ligt allemaal op een steenworp afstand van elkaar, en alles van hetzelfde misschien dan wel niet moderne, maar dan toch in elk geval exclusieve systeem, zodat je bij wijze van spreken van de wieg tot aan de eerste schreden in de wereld de stank van de gewone mensen tenminste niet hoeft te ruiken.

Mijn vader heeft echt geen geld te weinig, maar er waren toch nog wel verschillen, hoezeer die dan ook op de vingers van één hand geteld konden worden. Vanaf mijn vroegste jeugd herinner ik mij al de tuinen van vriendjes waar ik in de zomer ging spelen. Prachtige tuinen waren dat, met van die slaperig makende, traag rondzwiepende gazonsproeiers en witte ijzeren tuintafels met glazen ijskoude limonade en schalen met chocolaatjes, maar wat ik mij toch in de eerste plaats herinner dat zijn de trapauto's. Er waren gezinnen met twee kinderen waar bijvoorbeeld vijf of zes trapauto's in de tuin geparkeerd stonden. Glimmende sportwagens, safari-jeeps, pantserauto's, en zelfs een takelwagen waar het water je bij in de mond liep. Hoe ik op mijn knieën moest smeken om misschien na een uur lang vernedering in de allerkloterigste van de vijf trapauto's één rondje te mogen rijden, dat zijn dingen waar ik niet graag aan terugdenk. Als ik van zo'n leuke speelmiddag thuiskwam, zeurde ik mijn ouders de oren van het hoofd dat ze mij ook een echte trapauto cadeau zouden geven, maar ik heb er nooit een gekregen.

Ik ben enig kind, en waar mijn ouders vooral bang voor waren was dat ze mij te veel zouden verwennen. Het was natuurlijk goed bedoeld, maar hoe je ook je best doet, een enig kind verwen je toch wel, ook al doe je zogenaamd van niet. Ik zag honderden trapauto's om mij heen, maar ik heb er nooit zelf een mogen bezitten. 's Nachts in bed droomde ik met wijd open ogen over de trapauto die ik de mijne zou mogen noemen. Het was een glanzend zwart gespoten model en op de zijkanten stond in witte letters POLITIE geschreven. De auto had een sirene en was bijzonder wendbaar. In mijn nachtelijke voorstellingen verrichtte ik de ene aanhouding na de andere, de gewone trapauto's werden genadeloos klemgereden, waarna ik heel langzaam uitstapte... Ik had witte leren handschoenen aan die ik op mijn gemak uittrok en tegen elkaar aan liet kletsen wanneer ik de bestuurder om zijn papieren vroeg. Mijn zonnebril met spiegelglazen hield ik natuurlijk op. Nooit waren de papieren helemaal in orde, en de bestuurder werd dan ook meer dan eens uitgenodigd om zijn overtreding *op het bureau*, zoals ik in bed hardop fluisterde, nader toe te lichten. Wat er daarna *op het bureau* gebeurde, dat zijn fantasieën die ik ook nu nog graag voor mijzelf wil houden. Nee, mijn ouders hebben een grote vergissing gemaakt door mij geen trapauto cadeau te doen, ik had de buurt van de ergste uitwassen kunnen zuiveren, dat stond als een paal boven water.

Hoe de zwakbegaafde jongen ooit op het Montanelli terechtgekomen is, dat is mij nooit helemaal duidelijk geworden. Je zou denken dat hij dus wel rijke ouders had, maar ik heb ze op de begrafenis gezien en ze zagen er echt heel gewoon uit. De moeder drukte een wit zakdoekje tegen haar gezicht en de vader stond heel erg rechtop en keek over iedereen heen, met droge ogen, alsof zijn verdriet veel verder weg lag dan alleen op die begraafplaats, maar ze hadden niet iets speciaals waaraan je had kunnen zien dat ze met te veel geld op zak liepen, want dat soort pik ik er zo tussenuit.

Het moet er dus eerder aan hebben gelegen dat het Montanelli Lyceum zich met een zekere trots op de borst heeft geklopt dat ze zomaar een zwakbegaafde jongen toelieten, een zwakbegaafde jongen in wiens gezicht iedere andere school de deur onmiddellijk dichtgeslagen zou hebben, maar die uitgerekend door het Montanelli met open armen in huis werd gehaald. Zoiets moest dus ook 'gewoon kunnen', dat zal wel zo ongeveer de redenering zijn geweest die ze hebben gevolgd. Je had hem moeten zien, die eerste dag dat hij daar binnenstapte. Ik krijg het nog benauwd als ik er nu aan denk, vooral omdat je weet wat er daarna gebeurd is. Niet dat ik wil zeggen dat ik het nou allemaal zo goed wist van tevoren al, maar het lijkt wel of zij er helemaal niet bij hebben stilgestaan. Dat zoiets bijna altijd verkeerd moet uitpakken, dat hadden ze toch met de natte vinger kunnen aanvoelen, maar daar wil iedereen het nu liever niet meer over hebben. Het is net als wanneer je iemand in het water duwt, daarna kun je toch ook niet zeggen dat je niet wist hoe diep het was. Dat het diep was, wist ik in ieder geval toen al, maar dat het altijd nog dieper kan, daarvoor moet je het eerst allemaal zelf hebben meegemaakt, voordat je daarachter komt.

4

Het was ergens midden in het jaar, die eerste dag dat de zwakbegaafde jongen zijn entree in onze klas maakte, wat zeker zijn redenen zal hebben gehad, maar dat doet er ook weinig toe. Als je vanuit die klas uit het raam naar buiten keek had je toch geen flauw idee wat voor jaargetijde het was. Regen, sneeuw, zonneschijn of natte herfstbladeren, het maakte allemaal geen flikker uit, het veranderde niets wezenlijks aan het uitzicht, dat op de een of andere manier altijd hetzelfde uitzicht bleef. Daarbuiten sleepten de seizoenen zich met de moed der wanhoop voort, alsof ze maar al te goed wisten dat ze in die hele rampzalige kankerbuurt toch geen poot aan de grond kregen. Als in een ongeluchte kamer kregen ze er gewoon geen vat op. Wat mij betreft hadden ze die ramen gelijk dicht mogen metselen, want waar je op uitkeek bood werkelijk geen enkele afleiding: huizen met deprimerende gordijnen, geparkeerde auto's, boompjes... Dunne boompjes waren het, de oude waren door het bombardement met wortel en tak uit de grond gerukt. Nee, het had geen enkele zin om daar naar buiten te kijken, je werd er alleen maar nog ellendiger van, er zat werkelijk niets anders op dan met je volle aandacht bij de les te blijven, zoals dat heet.

‘Dit is Jan Wildschut,’ zei het hoofd van de school. ‘Die komt jullie van nu af aan gezelschap houden.’

Ze stonden naast elkaar in de deuropening van de klas. Het hoofd van de school had een arm op de schouder van de zwakbegaafde jongen gelegd, alsof hij ergens tegen in bescherming genomen moest worden.

Ik weet niet of iedereen het zag, ik zag het in elk geval meteen. Het kwam niet door zijn gelaatsuitdrukking, want daar was nauwelijks sprake van, het zat hem in de kléúr van zijn gezicht, een soort inpakpapier waaruit alle bloed is weggezogen, een kartonnen doos die vier maanden in de regen heeft gestaan, een grijze ordner uit 1935 in een kantoorboekhandel, hoe dan ook, ik had die kleur al eens eerder gezien. Op de lagere school was er een jongen met net zo’n soort hoofd, zo’n leeggebloede dode vissenkopglans, dat je eerst gewoon niet gelooft dat er sowieso nog bloed doorheen stroomt. Ferdinand Verwigt heette hij en er zat een soort rare knik in zijn lichaam, alsof hij voortdurend dreigde te kantelen. Hij woonde bij mij om de hoek en een heel jaar haalde ik hem elke ochtend af om samen naar school te gaan. In het begin gingen we lopend, en van tevoren spraken we altijd af welk type vrachtwagen we waren. Altijd vrachtwagens, een grote truck met oplegger van vijfenveertig meter lang, een gigantische takelwagen met een uitzwaai van zeker vijf meter, of eentje van het leger met een Centurion-tank achterop, het maakte niet uit zolang het maar een vrachtwagen was. Ik vond het zelf al prachtig: wanneer ik naar het huis van Ferdinand Verwigt liep, was ik al begonnen. Achter het stuur in de ruime goedverwarmde cabine steeg ik op van het trottoir en keek op de wereld neer vanachter de onafzienbare panoramavoorruit en het enorme dashboard dat bezaaid lag met lege pakjes filtersigaretten. Maar dan had je Ferdinand moeten zien... Op zijn veel te dunne en wankele benen reed hij zijn vrachtwagen naar buiten met een draaicirkel die niemand behalve ik door de vingers zou hebben gezien, maar je had hem echt moeten zien wanneer hij het twee meter brede stuur van zijn bolide begon om te draaien, op dat moment ontsteeg hij in één keer aan het misvormde lichaam waarin het lot hem had gehuisvest. Hij had namelijk ook nog een rare arm en een hand met half verlamde vingers die niet helemaal deden zoals hij zou willen, maar zodra hij met een zwaai de cabine van zijn vijfenzeventig ton zware truck met oplegger in stapte, legde hij al die ongemakken van zich af. Wanneer wij over de trottoirs naar school denderden, schudden de huizen letterlijk op hun grondvesten. Met zijn lippen bootste Ferdinand het geluid van de 900 pk dieselmotor na en het uithijgerige *Pssjt... Pssjt...* van de hydraulische remmen als wij, bij een hoek gekomen, door een miserabel voortpruttelend melkkarretje tot stoppen werden gedwongen.

Later gingen we met de autoped. Jawel, ik had op zekere dag een echte autoped. Een trapauto kon er niet af, maar een autoped nog net wel, vraag me niet naar de logica, misschien omdat hij twee wielen had in plaats van vier, ik wil er eigenlijk helemaal niet over nadenken. Het was een in laf glanzend roze overgespoten tweedehands model, maar het ging op echte luchtbanden en dat was tenminste iets. Hoe vaak ik in mijn hele vroege jeugd niet het woord *tweedehands* heb moeten aanhoren, dat is te veel om op te noemen. Zolang er maar tweedehands op stond, dachten mijn ouders als vanzelf dat het dan niet verwend was. Tweedehands radio, tweedehands pick-up, tweedehands fiets, er kwam geen einde aan. Terwijl spiksplinternieuw altijd veel mooier is, gewoon naar *nieuw* ruikt, heb ik het jarenlang met tweedehands moeten doen. Ik denk dat het ongeveer zo moet voelen als je een grote broer hebt en je loopt voortdurend in de *gebruikte*, inmiddels voor de grote broer te kleine overhemden, broeken, sokken, schoenen, het is iets verschrikkelijks, terwijl er toch echt geld genoeg was voor gewoon nieuw, zo uit de winkel, wat nu eenmaal een grotere charme heeft omdat nou uitgerekend juist helemaal niemand er eerder met zijn kleffe poten aan heeft zitten wriemelen. Mijn ouders moeten er behoorlijk mee in hun maag hebben gezeten, met al dat geld. Ze zijn zelf van eenvoudige komaf, en dat zal ze zeker door de kop hebben gespeeld bij al hun weifelachtigheid om voor mij de dingen rechtstreeks uit een winkel te kopen. Ze hadden toch moeten weten dat *tweedehands* sowieso al wil zeggen dat er van alles te veel is. Dacht je dat ze daar in Afrika ooit van tweedehands hebben gehoord, dat ze een leuke aarden waterkruik nog weer eens een keer als gebruikt aan de man gaan brengen, zoiets durf je toch ook niet te bedenken...

Maar waar ik heen wou dat is dat die Ferdinand Verwigt mij een keer iets heeft geflikt dat ik op het eerste gezicht nooit achter die bleke kop had gezocht. Het gebeurde op een middag dat we op onze autopeds naar huis reden. Het was van dat vieze winterweer met hele dunne regen die pijn deed aan je gezicht, en overal op de trottoirtegels lagen witte bevroren stukken. Om een lang verhaal kort te maken ging ik steeds heel hard remmen om die step flink te laten slippen, zo driehonderdzestig graden rond met een uitgestreken gezicht waarbij je haar ook nog goed blijft zitten. Natuurlijk wou Ferdinand het meteen ook proberen toen hij mij zo bezig zag, hij moet onmiddellijk hebben gezien dat het erg goed stond, om zo ontzettend koel een beetje een slip te maken zonder direct met je voortanden over de bevroren trottoirtegels te stuiteren. Maar hij had natuurlijk dat rare scheve lijf en het stuur hield hij ook maar met één hand vast, want die andere arm hing zo'n beetje voor zijn borst met die slappe, onbruikbare vingers ergens halverwege zijn kin, dus zijn evenwicht was toch al niet helemaal zoals het zou moeten. Hij viel in elk geval echt ongelukkig, erger dan had gekund, wil ik maar zeggen, zijn step schoof weg over de stoeprand en hijzelf knalde met zijn kop frontaal tegen het trottoir, waarbij hij met één, in een gebreide handschoen gestoken hand door de halfbevroren racekak van de een of andere cockerspaniël heen maaide. Het was allemaal net iets te grappig om je lachen bij in te houden, maar Ferdinand zelf vond het helemaal niet leuk. Met zijn kop nog grijzer dan anders trok hij zijn autoped overeind, en zonder zijn gezicht nog één keer naar mij toe te keren reed hij in een directe lijn naar huis.

Nog geen halfuur later ging bij ons thuis de telefoon. 'Mevrouw Verwigt aan de telefoon,' riep mijn moeder. Mevrouw Verwigt, dat was Ferdinands moeder natuurlijk. Ferdinands moeder was Duits, en ze had een raar accent, het was moeilijk om haar goed te verstaan, helemaal door de telefoon. Ik klemde de hoorn tegen mijn oor en probeerde zo goed en zo kwaad als dat mogelijk was het Duitse accent van de werkelijkheid te scheiden. Waar het op neerkwam was, dat ik Ferdinand van zijn autoped áf had gedúwd, dat ik hem daarna met zijn kop tegen de trottoirtegels had geschópt, en daarbovenop nog eens zijn halfverlamde arm met de gebreide handschoen door de hondenpoep had gesméérd, het klonk zo fantastisch dat ik geruime tijd geen woord kon uitbrengen, laat staan dat ik iets terug kon zeggen.

Mijn moeder stond in de kamer en luisterde naar het gesprek, en omdat ik wist dat zij alleen maar één kant kon horen, zei ik ten slotte: 'Ik had hem al gewaarschuwd dat het glad was...' Ik kon zo gauw niets beters bedenken, dus zei ik het een paar keer achter elkaar, terwijl mijn moeder luisterde en mijn bloed begon te koken en ik Ferdinand Verwigt met autoped en al een instortende mijnschacht in wenste. Door de telefoon kreeg ik het niet voor elkaar, ik dacht, het is gewoon niet te doen, ze moeten je gezicht erbij zien voordat ze je geloven, als je weet dat iets waar is, kun je het niet met je stem alleen af. Ik wist dat als ze me maar zag, die Duitse moeder van Ferdinand, dat ze me dan meteen zou geloven. Ik zei: 'Ik kom er zo aan... Ik zal het allemaal uitleggen...' en ik gooide de hoorn op de haak.

Mevrouw Verwigt deed de deur al open voordat ik had aangebeld. Achter haar rug verschool zich een huilende Ferdinand. Ik legde alles uit, ik vertelde alles precies zoals het gebeurd was, en ik zorgde er goed voor dat ze mijn gezicht zag, dat ze mijn ogen kon zien, want die hadden meer met de waarheid te maken dan alle woorden op elkaar gestapeld, en terwijl Ferdinand steeds harder begon te krijsen en te stampvoeten, zag ik dat het wonder gebeurde: dat zijn moeder mij geloofde. Ze had mijn verhaal nog maar amper tot het einde toe aangehoord, of ze draaide zich al om naar haar zoon.

'Je bent walgelijk,' zei ze in het Duits, of in het Nederlands met een Duits accent, dat weet ik niet meer, ik bedoel, in het Duits was het waarschijnlijk nog duidelijker hoe walgelijk Ferdinand eigenlijk was. Hij krijste en probeerde dieper het huis in te vluchten, maar zijn moeder had hem bij zijn arm vastgegrepen en hield hem hardhandig tegen. Ik was plotseling heel erg kalm geworden, ik wilde nog zeggen dat het allemaal niet erg was, dat ik desnoods gelijk weer met Ferdinand buiten wilde spelen dat we vrachtwagens waren, maar daar kwam ik niet meer aan toe, want zijn moeder had de deur al voor mijn neus dichtgegooid nadat ze nog tegen me had gezegd dat ik 'een goeie jongen' was, dat zei ze letterlijk, ze wist precies waar het om draaide, dat moet worden gezegd.

Buiten aan de deur bleef ik nog even staan dralen, en zo hoorde ik hoe mevrouw Verwigt haar zoon zo ongeveer het pak rammel gaf waarvan hij mij nog maar zo kort tevoren valselijk had beschuldigd. Uiteindelijk vond ik het bijna jammer dat ik niet echt had gedaan wat hij mij allemaal had aangewreven, ik had het in elk geval al veel eerder moeten doen, dat was nu wel duidelijk geworden. Ik had nooit geweten wat ik me precies bij 'een Duitse moeder' moest voorstellen, maar terwijl ik naar het geweld daar achter die deur luisterde, begreep ik het opeens een stuk beter. Als ik ooit opnieuw geboren word dan wil ik in elk geval een Duitse moeder hebben, dacht ik, zo eentje die de waarheid van de werkelijkheid weet te onderscheiden en alle slappe en lafhartige angsthazen, die zich onder valse voorwendsels tussen haar rokken proberen te verschuilen, precies zo weet aan te pakken als waar ze om hebben gevraagd.

Mijn breuk met Ferdinand Verwigt duurde niet langer dan twee dagen. Daarna belde ik opnieuw bij hem aan en gingen we weer als vanouds gezamenlijk naar school. We waren nu motoragenten en dwongen de voetgangers dichter langs de huizen te lopen, wanneer wij met loeiende sirenes voorbijscheurden. Maar zo'n bleke kop, daar was ik voortaan tegen gewaarschuwd. Als het bloed er maar ternauwernood doorheen kan, dan krijgen de hersenen ook te weinig, daar komt het van dat ze je streken gaan leveren die je met alle fantasie van de wereld nooit zelf zou durven verzinnen. Hoe dan ook, het was hetzelfde soort bleke kop dat ik zag toen de zwakbegaafde jongen in de deuropening van ons klaslokaal stond.

'Ga daar maar zolang zitten,' zei het hoofd van de school en voerde de zwakbegaafde jongen mee naar een van de lege tafeltjes in het midden van de klas. Die man was al behoorlijk oud en trok ook maar een beetje een gezicht alsof hij een door de ruit getrapte voetbal op kwam halen. Zijn idee was het vast niet geweest om zomaar een zwakbegaafde jongen op het Montanelli Lyceum toe te laten. Hij was er zogezegd een *van de oude stempel*, die daar waarschijnlijk niets van moest hebben, maar er waren anderen op het Montanelli die meer in de melk te brokkelen hadden en die het vast en zeker zo voor elkaar gekregen hadden dat hij geen kant meer op kon.

De zwakbegaafde jongen viel in elk geval met zijn neus in de boter. Ik bestudeerde de houterige bewegingen van zijn bovenarm en van zijn rug, terwijl hij zich in zijn stoel liet zakken en Vermaas, de leraar Engels, zijn keel schraapte om zijn voorlezing te hervatten.

'Jan, jij kunt wel zolang bij je buurman meekijken,' zei hij.

We hadden allemaal een exemplaar van hetzelfde boek voor ons op tafel liggen. De bedoeling was namelijk dat je het verhaal meelas op gelijke snelheid met de voorleesstem van Vermaas. Het was een Engels boek dat *Alice in Wonderland* heette, en het was geschreven door Lewis Carroll.

5

Ik weet niet wat het is met voorlezen, maar als je er niet om gevraagd hebt, is het moeilijk om iets te bedenken wat nog erger is. Ik bedoel dat een uur wel achttien keer zo lang lijkt wanneer je allemaal met hetzelfde boek voor je neus een verhaal zit aan te horen dat je misschien wel helemaal niet zou willen lezen als je het in je dooie eentje in een gemakkelijke stoel gewoon zelf voor het zeggen had. Die Vermaas had het waarschijnlijk zo bedacht dat 'een leuk boek' dus ook nog leuk blijft wanneer je het met zijn vierentwintigen tegelijk in hetzelfde tempo leest, dat het in elk geval heel wat leuker was dan allerlei werkwoorden en bijvoeglijke naamwoorden en vervoegingen zomaar los van elkaar, terwijl je er tegelijkertijd ook nog iets van opstak.

Nu is het zo met al die voorlezers, dat ze het bijna altijd wel goed bedoelen. Eigenlijk was het allemaal goed bedoeld daar op het Montanelli Lyceum, maar goed bedoeld alleen is vaak niet genoeg, zo denk ik erover. Je hebt bijvoorbeeld mensen die uitsluitend planten eten omdat het anders zo erg voor de dieren is, en als ze het daar nou maar bij zouden laten, maar laatst zag ik op de televisie een doodzieke en bleke mevrouw die kwam vertellen dat het op de Filippijnen of in Maleisië of weet ik waar zulke wrede en gemene mensen waren dat ze het vlees van honden opaten, die ze nog levend op de markt verkochten ook. Ze liet een foto zien van een hond waarvan de poten en de bek met touwen waren vastgesnoerd, en het was inderdaad geen prettig gezicht, maar het is toch vooral dat je je afvraagt waar zo'n mens zich eigenlijk mee bemoeit. Er kwam een girorekening in beeld waar iedereen zijn geld op moest storten, zodat ze dan een actie konden beginnen dat er geen honden meer mochten worden opgegeten, maar je had die gelijkhebberige kop moeten zien waarmee die trut daar zat te vertellen wat je er zelf van moest vinden. Ik hoopte dat ze het ook op de Filippijnen zou durven zeggen, tegen die mensen die toch al te weinig te eten hebben, en dan komt er zo'n mevrouw uit Europa die ook nog heel goed weet wát ze moeten eten. Waarschijnlijk lag ze dan al binnen een dag met haar vegetarische stelten aan elkaar gebonden en met een prop katoen in haar betweterige konijnenbek zelf op zo'n markt, het valt in elk geval te hopen dat ze op die manier nog iets heeft kunnen bijdragen aan alle ellende in de wereld.

Maar die Vermaas was er niet zo een van het type dat het alleen maar goed bedoelt. Zoals al die anderen die je met hun doodgeslagen neuzeltoon het lezen werkelijk voor jaren tegen wisten te maken. Een tijdlang heb ik me voorgenomen om later nooit meer een boek te lezen, in elk geval niet die boeken die je daar op het Montanelli ongevraagd in het gehoor werden gegoten. Ik hoef maar één bladzijde van zo'n verhaal op te slaan of ik hoor onmiddellijk weer die platgetrapte oplepelstem van zo'n leraar die er zelf ook al nauwelijks in gelooft. Maar met Vermaas was het anders, die geloofde erin. Waar hij vooral in geloofde, was zijn eigen stem en zijn werkelijk smetteloze uitspraak van het Engels. Je moet het ten minste één keer zelf hebben gehoord om erover te kunnen praten, hoe hij al die Engelse woorden als gevulde bonbons over zijn tong liet glijden en de zelfingenomen sappigheid waarmee hij ze vervolgens over zijn lippen naar buiten liet komen. Als er één boek is dat ik in mijn hele verdere leven nooit meer zal kunnen lezen, dan is het wel *Alice in Wonderland*. Ik weet niet eens of het een goed of een slecht boek is, en ik zal het nooit te weten komen ook.

Ik herinner me dat er in dat verhaal een kat voorkwam, de Cheshire Cat heette die, dat was een kat die geleidelijk onzichtbaar werd zodat je uiteindelijk alleen nog maar zijn glimlach kon zien. Net als bij die Cheshire Cat bleef er van Vermaas ten slotte niks anders over dan zijn stem, je hoorde gewoon niets anders meer, hij drong je kop binnen en je kreeg hem niet meer weg; nog uren bleef hij in je schedel doorgalmen. Het was een stem die aan zichzelf genoeg had, die echt kon genieten van de lenigheid waarmee hij door al dat Engels heen huppelde. Jaar in jaar uit begon hij weer van voren af aan met dezelfde *Alice in Wonderland*, en als het uit was en je dacht even het licht aan het eind van de tunnel te zien, dan zat er nog een tweede deel in dat boek, *Through the Looking Glass* heette dat, ja, je kunt je soms veel meer herinneren dan je zelf zou willen, ik was dat jaar blijven zitten, zodat ik de hele *Alice in Wonderland* en *Through the Looking Glass* twee keer heb mogen lezen, wat precies twee keer te veel is, maar net als je dus dacht dat je die vervloekte Lewis Carroll eindelijk met grote kracht tegen de dichtstbijzijnde blinde muur aan kon smijten, dan kon je nog eens even met het vervolg gaan beginnen.

Daarbij was het bijna onmogelijk om van het gelezene af te dwalen, je moest je kop er wel bij houden want op de meest onverwachte momenten vroeg Vermaas of een van ons een stukje verder wilde lezen. Daar had hij een heel fijne neus voor, wie even niet oplette kreeg een beurt, en dan moest je natuurlijk precies weten waar je was. Het ging er helemaal niet om dat je zelf ook nog wat leerde van hoe je die Engelse woorden moest uitspreken, hoewel hij het niet kon laten om je voortdurend te verbeteren, maar die stem was te zeer aan zichzelf verslaafd om het voorlezen te lang uit handen te geven, al na één of twee alinea's kreeg hij ontwenningsverschijnselen. Nee, als je niet al zwakbegaafd was, dan werd je het wel. Zo wist die man een heel jaar lang één uur per week Engelse les vol te lullen, uit het boek van een ander. Hij mocht van geluk spreken dat Maria Montanelli het niet meer kon meemaken, zodat hij zijn lesuren geheel naar eigen inzicht kon invullen, anders was het misschien wel heel onplezierig met hem afgelopen. Had ze maar eens één keer die olijke kop kunnen zien wanneer hij daar op zijn stoel een beetje in zijn zelfgenoegzame Engels zat door te reutelen, alsof hij met zijn *Alice in Wonderland* werkelijk het allerleukste had bedacht dat er voor zijn leerlingen maar te bedenken viel. Maar Maria Montanelli was al jaren dood, en er was niemand die ons van de wekelijks terugkerende voorleesterreur had kunnen verlossen.

Er was echter nog iets anders dat de Engelse les, misschien nog wel meer dan die hele stem, voor mij tot een ondraaglijke kwelling maakte, maar dat is heel persoonlijk. Het geval was namelijk dat die Vermaas sandalen aan zijn voeten had. Van die hele grote leren mannensandalen, en dat is iets waar ik werkelijk volkomen draaierig van word. Bij vrouwen ligt dat anders, daar zitten de bandjes ook strakker en die hebben kleinere voeten, maar dat mannen uit eigen vrije keuze die grote worteltenen voor iedereen zichtbaar aan de buitenlucht willen blootstellen, dat gaat er bij mij niet in. Er zit ook te veel lucht tussen, een te grote open ruimte tussen het materiaal en de voeten zelf, zodat al die tenen zich vrij kunnen bewegen, ik weet niet wat het is maar ik word daar op een foute manier helemaal licht van in mijn buik, terwijl ik het tegelijkertijd niet tegen kan houden om er voortdurend naar te blijven kijken. Het werkte als een magneet, die hele omgevallen groentestal die daar onder Vermaas zijn tafel constant in beweging was.

Nu was het met al die leraren op het Montanelli wel zo dat ze hun kleedgedrag al snel aan de heersende wind wisten aan te passen. De nieuwelingen arriveerden meestal in verkeerd zittende grijze confectiebroeken en colbertjasjes, maar na drie weken hadden ze al een baard van een maand en een broek die ze in de badkuip minstens een halfjaar in de bleek hadden laten liggen. Maar sandalen, dat is waar ik zo ongeveer de grens trek van hoe ver je kunt gaan. Daar houdt de goede smaak op en begint de overlast. Voor mij is het net als met ogen, daar heb ik ook een manie mee. Oogdruppels en dat soort dingen, daar kan ik niet naar kijken. Wat ik vooral niet te harden vind, is als mensen met contactlenzen beginnen te rommelen. Mijn moeder had contactlenzen, en wanneer er een scheef kwam te zitten dan sperde ze haar ogen wijd open en liep het traanvocht in stromen over haar wangen, het was net of die ogen naar adem snakten, ik kon het echt niet aanzien. Zo'n groot en kleddernat opengesperd oog met al dat oogwit en die gesprongen adertjes, ik kreeg het er zo benauwd van dat het bij mij ook meteen begon te lopen. Ik zei dan weleens: 'Wacht, ik zal even een theelepeltje pakken, we moeten die lens van achter de oogbol weer naar voren zien te peuren...' Dat zei ik alleen maar om mijn eigen doodsangst te overwinnen, maar het hielp wel. Ik weet niet hoe het komt, maar als je het uit je eigen mond hoort komen, is het beter te verdragen, terwijl ik dat gedoe met die lenzen liever geen seconde mee wilde maken. 'Eerst een injectie onder het ooglid, voor de verdoving,' het deed er niet toe wat ik zei, hoe erger ik het maakte, des te beter kon ik ertegen, terwijl mijn moeder er niet om kon lachen en alleen nog maar heftiger met haar oogleden begon te knipperen en dat bloeddoorlopen oog echt helemaal in zijn eigen nat dreigde te verdrinken. Ik heb een keer een film gezien waarin er in een bepaalde scène een oog het hele beeld vult, en dan wordt er plotseling van links naar rechts een scheermes doorheen gehaald. Je ziet dat oog totaal openbarsten, op meer dan duizend keer menselijke grootte, met allemaal draden en vocht dat eruit spuit, zulke dingen moeten ze mij helemaal niet laten zien. En dan ook nog zonder enige waarschuwing vooraf, zodat je kletsnat van het angstzweet aan je bioscoopstoel gekleefd blijft zitten en je je met bonzend hart afvraagt hoe je dat exploderende oog ooit weer uit je kop moet zien te zetten. Je weet dat je er je hele leven mee blijft opgezadeld, tot op de dag van vandaag krijg ik nog hartkloppingen als ik eraan terugdenk.

Nee, ik had die *Alice in Wonderland* graag nog eens een keer integraal willen overlezen, als die Vermaas ten minste voor één dag normale schoenen had aangetrokken. Zoals de zaken er nu voor stonden, was er geen andere oplossing dan je met je hoofd tussen de bladzijden te begraven, zodat je in elk geval die obscene wintergroente niet hoefde te zien, maar het was een inspanning die te veel van mijn krachten vergde. Ik wist namelijk dat ik uiteindelijk wel móést kijken, zodat alles toch weer voor niets was.

De zwakbegaafde jongen leek voorlopig nergens last van te hebben. Hij keek mee in het boek van Anton Kerkgrave, wat een jongen was die normaal gesproken altijd alleen zat. Niet omdat we niets van hem moesten hebben, maar gewoon omdat hij liever een tafeltje voor zichzelf wilde; daar waren nooit te veel woorden aan vuilgemaakt, iedereen respecteerde dat en liet hem verder met rust. Nu had hij dus de zwakbegaafde jongen naast zich. Het is net als in de tram: je kunt beter zelf uitkiezen naast wie je gaat zitten, want als je een plaatsje voor jezelf neemt, krijg je gegarandeerd dat uitgerekend die ene vijfhonderd kilo wegende vrouw met drieëntwintig plastic boodschappentassen zich naast je laat neerzakken, zodat ze je al bij de volgende halte met kunstmatige ademhaling van de verstikkingsdood moeten redden. De zwakbegaafde jongen leunde ver over zijn eigen tafelhelft heen om vooral niks van *Alice in Wonderland* te hoeven missen, je kon hem ook niet kwalijk nemen dat hij als nieuwkomer nog echt geïnteresseerd was, of in elk geval deed alsof hij geïnteresseerd was, dat had iedereen kunnen overkomen, maar ik zag wel heel duidelijk hoe Anton Kerkgrave geleidelijk aan steeds verder naar rechts opschikte. Op een bepaald moment schoof hij zijn boek resoluut op de tafel van de zwakbegaafde jongen. Dat was natuurlijk slim bekeken. Zo kon hij tenminste zelf bepalen wie er over wiens tafelhelft heen leunde, en hoe ver ook.

Ik keek naar Erik, die aan het tafeltje naast het mijne zat. Erik had het ook gezien, hij draaide zich naar mij om en knipoogde. Gerard, die rechts van mij zat, tekende poppetjes in de kantlijn van zijn boek. Erik is mijn beste vriend. Gerard ook, maar die is wat slapper, die doet altijd precies wat wij zeggen. Hoe dan ook, we waren altijd met zijn drieën, het maakt de vriendschap sterker wanneer er één bij is die een beetje tegen je opkijkt. Als er iets te beslissen viel dan deed ik dat of Erik, en Gerard ging altijd mee, of hij zei dat hij moe was of dat hij nog veel huiswerk te doen had. Hij is wat banger uitgevallen, waardoor Erik en ik altijd meer durven juist wanneer Gerard erbij is. Gerard heeft ook de neiging om dingen die je al meteen begrepen hebt, veel te lang uit te gaan leggen, je voelt al honderd kilometer van tevoren aan wat er gaat komen. Wanneer Gerard zo'n veel te lang verhaal zit te vertellen dan zeggen Erik en ik altijd: 'Gerard, even niet...' of: 'Dit houdt een beetje op, Gerard...' Dan houdt hij meestal wel zijn mond. Je kunt hem nooit echt beledigen, hij accepteert het als vanzelf dat wij het beter weten, wat soms weleens vermoeiend is. Maar daar staat tegenover dat het onmogelijk is om hem niet aardig te vinden. Als ik met hem alleen ben, is hij ook heel anders, en begint hij opeens dingen te vertellen die je niet zo direct achter hem zou hebben gezocht. Hij is een beetje bang voor Erik, terwijl hij mij mateloos bewondert, je ziet dan al gauw een heleboel door de vingers. Gerards vader doet ook iets bij een krant, maar dan veel lager dan mijn vader, hij is zo ongeveer de enige op het hele Montanelli die in een wijk met allemaal hoge flats woont. Tot voor kort moest hij zelfs zijn kamer met zijn zusje delen. Wanneer je daar op bezoek bent, begrijp je niet dat ze niet massaal van de dertiende verdieping naar beneden springen.

Eriks vader is kunstschilder, maar het had erger gekund. Ik bedoel dat Erik gewoon ontzettend goeie ouders heeft. Zijn vader is heel beroemd, maar daar hoor je hem nooit over. Die man heeft het altijd over de dingen waar het echt om gaat, en hij weet het allemaal zo goed te zeggen dat je het gevoel krijgt dat je het zelf ook al precies zo had bedacht maar alleen nog niet wist welke woorden je ervoor moest gebruiken. Ze blijven vaak tot heel laat op, zijn moeder verdwijnt steeds in de keuken om allerlei gerechten te serveren en ze drinken ook niet weinig. Ik blijf weleens een nachtje slapen en dan maken we gewoon zelf uit hoe laat we naar bed gaan, die ouders van Erik lijken trouwens toch nauwelijks op de klok te kijken, voor hen is elk uur van de dag hetzelfde. Wanneer we 's ochtends opstaan, moeten we heel zachtjes doen. Ze liggen dicht tegen elkaar aan op een soort divanbed in de woonkamer, ik blijf daar altijd even naar staan kijken. Eriks vader ligt tegen de rug van zijn vrouw aan gekropen, met één arm stevig om haar middel geslagen. De hele kamer hangt nog vol rook van de vorige avond en door de halfgesloten gordijnen valt het zonlicht op de houten vloer: daar kan ik de hele dag aan blijven denken, hoe die twee daar lagen te slapen. Het lijkt soms veel te eenvoudig om gelukkig te zijn.

Bij mij thuis was dat net even helemaal anders. Ik kan me bijvoorbeeld niet herinneren dat ik mijn ouders ooit heb zien zoenen als ik erbij was. Ook niet toen ze nog in hetzelfde bed sliepen, maar dat is dan ook al tweeduizend jaar geleden. Volgens mij deden ze het daar zelfs niet eens. Later verhuisde mijn vader naar een tot bed verbouwde bank in de woonkamer. Hij wou altijd vroeg slapen, en dan zat er voor mijn moeder en mij niets anders op dan de avond verder maar voor gezien te houden. Twee avonden in de week was hij bij de weduwe, dan hoorde je hem in het holst van de nacht naar binnen stommelen. De rest van de week moest hij het natuurlijk rustig aan doen, daar kon ik wel in komen.

Nu mijn moeder dood is, is het allemaal weer veranderd. Wanneer ik 's middags thuiskom, zitten de gordijnen nog dicht en hangt er een soort weeë lucht van bederf waar domweg niet tegen op te boksen valt. Ik word daar zo triest van dat ik vaak niet eens de kracht kan opbrengen om de gordijnen open te trekken. Ik bak een paar eieren en zet de televisie aan, of ik ga gelijk weer naar buiten, naar het huis van Erik, waar alles gewoon is en je tenminste het gevoel hebt dat ze op je zitten te wachten, al ben je dan niet eens van de familie. In het begin had ik soms zo erg met mezelf te doen dat ik niet bij andere mensen wilde aankloppen, ze kijken je ook zo begripvol aan, je wilt daar niemand mee lastig vallen, maar bij Erik thuis was het anders. Daar werden alweer grappen gemaakt toen mijn moeder nog maar amper een paar dagen dood was, die wisten precies waar het om draaide allemaal. Dat je ook weleens wilt lachen, en niet de hele dag die terneergeslagen rol kunt volhouden ook al is er dan net iemand dood. Er zijn veel te veel mensen die nog nooit iets hebben meegemaakt en die nergens iets van begrijpen.

Wat er die dag in de klas gebeurde, was dat Vermaas plotseling aan de zwakbegaafde jongen vroeg of hij een stukje uit *Alice in Wonderland* wou voorlezen. We hielden onze adem in, wat ook terecht was. Wat er namelijk te horen viel, was niet als zodanig als Engels te herkennen, ik wil het daar verder niet over hebben, het is eigenlijk te gênant om na te vertellen. Maar die Vermaas, die er anders altijd als de kippen bij was om bij elk vierde woord met zijn corrigerende stem dwars door je heen te lullen, hield deze keer volkomen zijn bek dicht. Na een paar minuten zei hij: 'Dank je wel, Jan,' en ging toen zelf weer doodleuk verder. Het begon dus al meteen de eerste dag, dat de zwakbegaafde jongen de hand boven het hoofd werd gehouden en dat hij anders werd behandeld dan de anderen. Het was de eerste keer dat het gebeurde, maar het zou zeker niet de laatste keer zijn.

Na afloop van de Engelse les stonden Erik en Gerard en ik op het schoolplein nog even een sigaretje te draaien. We zagen de zwakbegaafde jongen naar buiten komen. Hij had zijn sjaal en wanten aan en liet zijn hoofd een beetje scheef naar beneden hangen.

'Tot morgen, Jan!' riep Erik.

De zwakbegaafde jongen hoorde het niet, of liet in elk geval nergens aan merken dat hij het gehoord had. Zonder verder nog op of om te kijken verdween hij met zijn gebogen hoofd om de hoek van de straat uit het gezicht. Daarna kwam Vermaas naar buiten. Hij had zo'n verschoten leren schooltas onder zijn arm en in het voorbijgaan stak hij met een joviale zwaai zijn hand op.

'Dag jongens,' zei hij.

Dat bord voor zijn kop strekte zich ook tot buiten de schoolmuren uit. Die man dacht werkelijk dat hij waanzinnig populair was. We keken toe hoe hij in zijn Morris Minor stapte, wat als autootje eigenlijk al net zo te leuk bedoeld was als hijzelf. Door het geopende portierraampje riep hij nog iets naar een paar meisjes die net op hun fietsen stapten.

'Jezus christus, wat is het toch een ongelofelijke zak,' zei Erik, terwijl hij zijn sigaret uittrapte. 'En het ergste is dat hij het zelf nog niet doorheeft.'

Hij draaide zich naar ons om.

'Oké, waar gaan we heen?'

'Naar jouw huis,' zei ik.

6

Ik heb altijd een grote bek, voor wie het nog niet wist. In wezen ben ik een verlegen type, maar het zal ergens halverwege de lagere school zijn geweest dat ik heb besloten om daar een punt achter te zetten. Ik wilde gewoon niet de rest van mijn leven onverstaanbaar blijven mompelen en niemand aan durven kijken wanneer ze je iets vragen. Van de ene op de andere dag was ik iemand anders geworden. Ik was altijd al vrij grappig, het kostte me weinig moeite om de mensen aan het lachen te krijgen, dus zo'n grote stap was het ook weer niet. Het is gebeurd toen het op een goeie dag tot me doordrong dat grappig zijn een wapen is om de domheid van de mensen die de touwtjes in handen hebben, aan het wankelen te brengen, dat je al die types die je met hun veel te serieuze geouwehoer het leven onmogelijk proberen te maken met één enkele opmerking onderuit kunt halen. Die onderwijzers en onderwijzeressen op de lagere school zijn er doodziek van geworden, ik krijg echt met ze te doen als ik er nu aan terugdenk, want het was geen kleinigheid, zo'n wijsneus in de klas, die overal iets op terug weet te zeggen. Ik had de lachers op mijn hand, maar in het begin durfde ik daar nog niet zo vaak gebruik van te maken. Op zekere dag heb ik besloten om alles wat me te binnen schoot ook maar meteen naar buiten te braken, en sinds dat historische ogenblik voelde ik me van een grote last bevrijd. Een enkele keer val ik nog weleens terug in mijn oude rol, dan begin ik weer als vanouds te stotteren en te blozen als ze iets tegen me zeggen. Je raakt het nooit helemaal kwijt, vooral wanneer het mensen zijn die je al veel te lang kennen, die weten maar al te goed waar je zwakke plekken zitten en daar willen ze graag misbruik van maken, wat ik ze natuurlijk niet kwalijk kan nemen.

Het is ook niet bepaald het leukste wat er is, om overal snel een antwoord op klaar te hebben liggen. Je moet soms meer herrie maken dan goed voor je is, het staat het echte contact nogal eens in de weg. Als ik ergens binnenkom waar een groot gezelschap is, dan pik ik die paar types die mij voor de voeten zouden kunnen lopen er meteen tussenuit en snoer die dan met één of twee goedgerichte volzinnen de mond; zo ben je al snel het centrum van alle aandacht. Het lijkt goedkoop, maar je betaalt er een hoge prijs voor. Ze schijten in hun broek en kijken tegen je op, maar ze zullen ook niet direct naar je toe komen om hun hart bij je uit te storten of je over hun hele leven en dat soort dingen te gaan vertellen. Soms heb ik het er met Erik over dat we later wereldberoemd zullen worden. 'We zijn al wereldberoemd,' zegt Erik dan, en hij heeft gelijk, in zoverre dat je toch nooit hoger kunt komen dan dat iedereen zijn mond houdt wanneer een van ons tweeën het woord neemt. Erik lijdt namelijk aan hetzelfde als ik, maar bij hem is het toch anders. Hij kan ook een zogenaamd normaal gesprek voeren als hij dat wil, en dat is voor mij gewoon niet weggelegd. 'Is die jongen ooit weleens serieus?' Dat vragen ze soms aan Erik over mij. Ik begin dan maar een beetje te grinniken als ik dat te horen krijg, maar het zit me toch niet lekker. Dat er eens een keer iemand keihard bij mij komt uithuilen, of me alles vertelt wat hem dwarszit in zijn leven, daar kan ik wel naar fluiten. Al met al is het misschien ook maar beter zo, bij de meeste van die ontboezemingen begin je toch al na een paar minuten te gapen van pure verveling, het is altijd hetzelfde wat de mensen elkaar te vertellen hebben.

Lichamelijk ben ik niet een van de sterksten, geen spierballentype zal ik maar zeggen, ik heb weleens gedacht dat het daar misschien door komt. Je wilt toch dat ze je zien staan in de wereld, en als je maar flink veel geluid maakt, kunnen ze vroeg of laat gewoon niet meer om je heen. Maar ik wil daar vooral niet te lang over nadenken. Als ik ergens een hekel aan heb, dan is het aan die figuren die voor alles wat ze hebben uitgespookt een verklaring weten te bedenken. Dat ze het als kind zo ontzettend zwaar hebben gehad, en dat ze er daarom niets aan kunnen doen dat ze nu zo graag met bakstenen naar de eenden in het park gooien of iemand zijn arm op zijn rug draaien tot hij om genade begint te smeken. Je moet je nooit te veel gaan afvragen waarom je zus of zo doet, mensen die daar een handje van hebben doen op het laatst helemaal niks meer.

Ik ben echt geen onknappe jongen, ik zou alleen willen dat er eens wat meer vet op mijn lijf zou groeien. Soms, als ik na het douchen in de spiegel kijk, word ik er doodziek van, van die magere armen en die ribbenkast die als een röntgenfoto door je vel heen steekt. Ik kan nog zoveel eten, dikker word ik niet, en op gymnastiekles liet ik het dan ook vaak genoeg afweten. In touwen klimmen en dat soort grappen, daar begon ik niet eens aan. Er is maar één ding dat ik heel goed kan, en dat is gooien. Gooien met een bal bedoel ik: keihard en zuiver gericht. Vooral in de winter heb je daar voordeel van. Als die leraren na afloop van de schooldag een voor een naar buiten kwamen, wist ik ze van een afstand van honderdtwintig meter precies tussen hun ogen te raken, met zo'n keiharde, goed doorknede en kletsnatte ijsbal, dat ze er de hele avond warme doeken op moesten leggen. Door de grote afstand was de herkomst nooit na te trekken. Verder waren er weinig sporten waarin ik met mijn speciale gave kon uitblinken, alleen op de lagere school had je een spel, trefbal heette dat, het woord zegt het al, dat was mijn favoriete onderdeel van de gymnastiekles. Je werd in twee kampen verdeeld en het ging erom welke partij de andere het eerst had uitgegooid, je mocht alleen met je handen afweren, dan telde het niet, maar daar kregen ze bij mij de kans niet eens voor. Ik mikte altijd zo hoog mogelijk, daar rekenden ze niet op, ze hadden die bal al frontaal tegen hun gezicht nog voordat ze wisten waar die vandaan was gekomen. Het was een beestachtige sport, er vielen regelmatig gewonden, maar we hadden een gymnastiekleraar die van een harde aanpak hield. Bij wijze van strafmaatregel moest je soms een halfuur lang in die benauwde gymnastiekzaal in het gelid blijven staan, in het gedeelte waar de zon door de dakramen naar binnen viel. Als je je bewoog, gooide hij een stok tegen je benen, en daar hield hij pas mee op wanneer de eersten flauw begonnen te vallen: net als bij zo'n militaire erewacht vielen ze recht voorover op hun bek. Hij had ook de gewoonte om ons allemaal achter elkaar over diezelfde dikke stok heen te laten springen en ons dan tegen de schenen te meppen als we niet hoog genoeg sprongen. Maar goed, over gymnastiekleraren wil ik het vooral niet te lang hebben, dat is overal hetzelfde en heeft niets met wel of niet Montanelli te maken. Als je je hele leven die kleedkamerlucht moet inademen, beschadigt dat de hersenen, dan zou ik uiteindelijk ook met een stok beginnen te slaan.

Waar ik namelijk naar toe wou is dat ik door die grote bek nou niet bepaald een van de meest geliefde leerlingen was, bij de leraren dan. Ik zat nog maar net een maand op het lyceum of Poortman, de wiskundeleraar, boog zich over mijn tafeltje heen, nam zijn pijp uit zijn mond en keek me met zijn kleine knaagdieroogjes doordringend aan.

'Jij wilt hier zeker zo snel mogelijk weer weg?' zei hij.

Ik was net iets te overrompeld om snel wat terug te zeggen. Als ik toen maar gewoon ja had gezegd, wat een rampen zouden mij dan niet bespaard zijn gebleven. Maar ik had nog geen benul waar ik precies beland was, en dat het allemaal nog veel erger zou worden, dat ten slotte bijna alle leraren mij liever zagen vertrekken, maar dat geeneen het zo hardop en zo duidelijk heeft durven zeggen als die Poortman meteen in het begin al, en dat er uiteindelijk een zwakbegaafde jongen aan te pas moest komen om mijn vertrek van het Montanelli Lyceum soepel te laten verlopen, nee, van dat alles had ik nog geen flauw vermoeden toen ik op die belangrijke vraag vergat het enige juiste antwoord te geven.

7

Op het Montanelli waren veel dingen precies hetzelfde als op andere scholen. Ze hadden er alleen andere namen voor bedacht, misschien omdat het dan minder erg leek, maar dan moest je wel met alle leraren goeie maatjes zijn en nergens commentaar op leveren. Een rapport heette bijvoorbeeld niet gewoon rapport, maar een 'verslag'. Je kreeg geen cijfers, maar een 'beoordeling'. Zo'n beoordeling verschilde in zoverre niets van een cijfer, dat de eerste de beste analfabeet ook wel begreep dat een 'voldoende' voor een zes stond, 'ruim voldoende' voor een zeven, 'goed' voor een acht, 'zeer goed' voor een negen, en 'uitstekend', dat was een tien natuurlijk. Onder de zes kwam 'onvoldoende', daarna 'slecht' en 'zeer slecht', meer variaties hadden ze geloof ik niet wanneer je echt in de regionen scoorde waar het dus in elk geval volkomen kut was.

Als ze het nou maar bij die 'voldoendes' en 'onvoldoendes' hadden gelaten, had je er misschien nog om kunnen lachen, maar er kwamen altijd een paar zinnen achteraan waarin de leraar zijn persoonlijke mening over de desbetreffende leerling kon luchten, en in mijn geval was het vaak niet leuk wat er stond. Soms bleef ik wekenlang dralen voordat ik zo'n 'verslag' aan mijn ouders durfde te laten zien. Wat had ik graag gewoon een drie gehad! Ik zou er geen enkel probleem mee gehad hebben om daar voor uit te komen; maar er stonden letterlijk zinnen als: 'Zijn negatieve houding heeft een slechte invloed op de atmosfeer in de klas...' en: 'Hij wil nergens aan meedoen en haalt de rest naar beneden...' of: 'Zou veel beter kunnen als hij zijn verzet zou staken...' Wat je een negatieve houding noemt! Het stond er bijna nooit direct, ze schreven nooit: 'Wij hebben zo'n gigantische hekel aan uw zoon dat wij hem het liefst zo snel mogelijk een dodelijke val zouden willen zien maken...' Nee, het was een soort broeierigheid tussen de regels door waar ieder zijn eigen conclusies uit kon trekken, het was vaak nog erger dan een horoscoop in de krant, je kon er alle kanten mee op. Mijn ouders moeten wel gedacht hebben dat ze zo ongeveer een psychiatrisch geval in huis hadden wanneer ze mijn 'verslagen' lazen. Het kwam namelijk ook wel voor dat ik ergens een 'ruim voldoende' voor had, dat ze daar gewoon niet omheen konden, maar dat er daarna met niet zoveel woorden werd gefluisterd dat ik toch hopeloos verloren was. 'Wij proberen zijn leven met medicijnen nog wat te rekken, maar uiteindelijk gaat hij toch dood,' dat was waar het op neerkwam. Dan heb je toch liever een zeven, of niet soms?

Ik vind zelf ook wel dat uitsluitend cijfers weinig zeggen over wie iemand precies is, maar je hebt toch geen leraren nodig om daar hun licht over te laten schijnen? Dat ze leraar hebben kunnen worden wil nog niet zeggen dat ze ergens verstand van hebben. 'Iemand met ook maar een beetje persoonlijkheid wordt geen leraar,' zei de vader van Erik een keer. 'Persoonlijkheid en leraar, dat gaat nooit samen, dat zijn twee onverenigbare grootheden.' Er zijn uitzonderingen op die regel, dat moet ik wel zeggen, maar het is net als met een komeet, jarenlang vliegt hij eenzaam en alleen door het onmetelijke heelal en eens in de tachtig jaar passeert hij de aarde, dan heb je het getroffen als je dat mee mag maken. Voor de rest zijn het allemaal middelmatige zakkenwassers die eigenlijk hogerop hadden gewild maar uiteindelijk tot aan hun nek in het drijfzand van het leraarschap zijn blijven steken.

Wat er op het Montanelli nog bij kwam, dat was dat ze ervan overtuigd waren dat ze werkelijk de leukste school van de wereld hadden uitgevonden. Dat was eigenlijk het ergste van alles. Op een normale school zou je tenminste nog kunnen denken dat het allemaal niet aan jezelf lag, maar het Montanelli vond zichzelf zo leuk dat je gewoon gek was wanneer je er anders over dacht. Ik vind dat je je op zijn minst ergens tegen moet kunnen afzetten. Als anderen voor jou hebben bedacht wat je leuk moet vinden, dan kun je gewoon geen adem meer halen, dan adem je de tweedehands lucht in van mensen die precies weten wat goed voor je is, en dat is het verschrikkelijkste soort dat er bestaat. Jarenlang heb ik me schuldig gevoeld dat ik liever heel ergens anders wilde zijn dan op het Montanelli Lyceum. 'Waar verzet je je toch tegen?' vroeg Van Baalen, de leraar Nederlands, me een keer toen hij me zogenaamd op het matje had geroepen. Ik dacht dat ik eindelijk eens op mijn sodemieter zou krijgen, weet ik veel wat ik had uitgehaald, maar dan kreeg je alleen maar weer zo'n zijige vlees-noch-visvraag te horen. Een beetje flink in de diepte doorpsychologiseren, daar waren ze gek op. Het hele leven was psychisch op het Montanelli, als je niet uitkeek. Ja, waar verzette ik me tegen? Ik moest het antwoord schuldig blijven. Wanneer je dat vriendelijk glimlachende begrijpende hoofd van die Van Baalen zag, dan besefte je meteen dat je nog eerder aan de paus zou kunnen uitleggen dat God niet bestond, zo vast zat het in hun kop dat ze met het Montanelli Lyceum niet minder dan de hemel op aarde hadden weten te realiseren. 'Jij wilt zeker liever naar een klassikale school?' Dat vroegen ze ook vaak, met zo'n dreigende ondertoon dat je wel moest denken dat 'een klassikale school' nog erger dan een concentratiekamp was. Dat wilde je natuurlijk niet, naar een klassikale school, maar wat wilde je dan? Er was gewoon geen bewegingsruimte om helemaal niets te willen, dan begonnen ze je meteen weer over je negatieve houding door te zagen, terwijl ik vind dat dat een van de steunpilaren van de vrijheid is, om het zo maar eens te zeggen, dat je nou eens een keer níét wilt kiezen tussen al die mogelijkheden die de wereld al voordat je geboren werd voor je heeft uitgedokterd en waar je zelf helemaal nooit om hebt gevraagd.

Het is net als met die typische vraag van ooms en tantes, dat is ook zo'n klassieker: voordat ze je een rijksdaalder of een toffee geven moet je eerst vertellen wat je later wilt worden. 'Wat wil je later worden?' Dat is volgens mij precies waar het om draait, dat je dat pas weet wanneer dat 'later' eenmaal is aangebroken. Het lijkt wel of ze allemaal bang zijn dat je zelf iets beters zult bedenken dan zij. Ze maken in elk geval geen gelukkige indruk met wat ze later geworden zijn. Wanneer je die afgeleefde en doodzieke koppen ziet dan weet je toch meteen dat het maar het beste is om helemaal niets te worden. Dat was dan ook wat ik steevast op die vraag antwoordde nadat ik het buschauffeur- en pilootstadium was gepasseerd. Ze gaven je die rijksdaalder toch wel, al zag je ze bijna altijd een beetje ongemakkelijke blikken werpen naar mijn ouders, ze wilden het gesprek het liefst zo snel mogelijk over een andere boeg gooien. 'Hij tekent heel leuk,' zei mijn moeder dan snel, maar die ooms en tantes hadden hun conclusie al lang getrokken, het was al te laat, er viel niets meer te redden: het zou wel slecht met mij aflopen, en wat ze niet hardop zeiden maar wel dachten, was dat het allemaal aan mijn ouders lag, dat ze mij te veel verwenden, dat ik enig kind was, dat ik geen verzet ontmoette in het leven, dat alles al als een rode loper voor mij lag uitgespreid, en dat ik daarbovenop ook nog eens ondankbaar was dat ik zo'n bevoorrecht leven mocht leiden, in tegenstelling tot henzelf, al die 'volwassen' ooms en tantes, die ervoor hadden gevochten om zich de rest van hun leven een beetje op de borst te kunnen kloppen dat ze de een of andere flutbaan hadden bemachtigd en iets 'geworden' waren.

Eén keer heb ik bij zo'n leuke oom een hele zomervakantie mogen doorbrengen. Mijn moeder lag in het ziekenhuis, ik ging elke dag op bezoek en ik werd steeds bleker, ze dachten dat het beter voor me zou zijn als ik eens even heel ver weg was. Op school begonnen ze ook te vragen of het wel goed met me ging. Ik moet zeggen dat een aantal van die leraren echt met me meeleefde. 'Hoe is het met je moeder?... Eet je wel goed genoeg?' Dat soort dingen vroegen ze dan, in wezen waren het geen slechte mensen, dat heb ik nooit willen beweren. Ik heb daar zoveel mogelijk misbruik van gemaakt. Wanneer ze vroegen hoe het met mijn moeder ging, liet ik mijn hoofd een beetje hangen, met van die halfgesloten, gepijnigde ogen, alsof het al te veel voor me was om er alleen maar aan herinnerd te worden, en dan zei ik bijna onhoorbaar: 'Niet goed...' Dan klopten ze me op mijn schouder en zeiden iets opbeurends. Schröders, de aardrijkskundeleraar, heeft me zelfs een keer uitvoerig staan uitleggen hoe je precies een biefstuk moest bakken, met aardappels en sla. Ik werd namelijk steeds magerder en er zat nauwelijks nog kleur in mijn gezicht, hij nam me na de les apart en begon over die biefstuk. Dat heeft me echt ontroerd, op de dag des oordeels zal ik een goed woordje voor hem doen, maar die biefstuk heb ik nooit gebakken. Ik vond het trieste namelijk juist dat niemand die biefstuk *voor mij* bakte, dat ik zogezegd alleen op de wereld was, en ik vond het beter om triest te blijven en dat ze allemaal met me meeleefden dan dat ik op eigen houtje iets ging ondernemen om er een beetje bovenuit te komen.

Toen mijn moeder eenmaal dood was, ging dat nog veel verder. Diezelfde Schröders vroeg me na de zomervakantie hoe het inmiddels met mijn moeder ging, en toen ik zei dat ze dood was, bleef hij even stil en gaf me daarna een hand. Gewoon alleen dat, verder zei hij helemaal niets, dat vond ik erg goed van hem. 'Waarom gaf Schröders je een hand?' vroeg Anton Kerkgrave me in de gang. 'Geen idee,' zei ik, want behalve Erik en Gerard hadden we iedereen er zoveel mogelijk buiten gehouden, van je leeftijdgenoten kun je alleen maar dom gezeik verwachten. Zolang het niet je beste vrienden zijn, maken ze er al snel een verkeerd gebruik van als je even je zwakke kanten laat zien. Maar die Schröders zei een paar dagen later tegen me 'dat hij de hele tijd aan me had lopen denken...' Wat dat betreft had mijn moeder wel elke dag dood mogen gaan, met al het moois dat je opeens te horen kreeg en hoe ze allemaal een en al aandacht waren, ook andere leraren die op minder clementie mogen rekenen, kwamen met soortgelijke bemoedigende uitspraken. Het waren beste mensen allemaal, daar zat de fout ook niet, dat ze wel of niet menselijk waren, ik kan uit eigen ervaring spreken. Zelfs Vermaas liet zich van zijn beste kant zien, het kwam alleen niet bij hem op om uit respect één uur stilte in acht te nemen en Lewis Carroll voor één dag Lewis Carroll te laten, maar dat kon me in die periode eigenlijk weinig schelen. Bij die dreinende stem kon ik tenminste even wegdromen, wekenlang gaf hij me geen beurt, zo ver ging zijn meelevendheid wel.

Nee, het rampzalige was wanneer ze je begonnen te vragen 'wat je nou eigenlijk wilde in dit leven?', terwijl ze zelf toch het beste voorbeeld gaven van hoe je het in elk geval níét aan moest pakken. Leraar worden is natuurlijk wel de laatste nooduitgang waardoor je aan de toekomst probeert te ontsnappen. Er liepen op het Montanelli twee leraren rond die allebei oud-leerling waren, dat vind ik iets onvoorstelbaars. Wanneer het je langs welke weg dan ook gelukt is om van zo'n school af te komen, dan zorg je er in de eerste plaats voor dat je er de rest van je leven minstens duizend kilometer uit de buurt blijft. Je gaat altijd nog eerder rauwe vis verkopen in de Sahara dan dat je terugkeert in de moederschoot die je als mongool gebaard heeft, als ik zo duidelijk genoeg ben. Ik vind dat net zoiets als volwassen mannen die met speelgoedtreintjes blijven klooien, of die met een vrouw trouwen die een beetje moedertje voor ze moet spelen, dat gaat ook heel vaak samen. Je bent toch werkelijk totaal niet goed bij je hoofd wanneer de gevangenispoort eindelijk opengaat en je krijgt de kans om met beide benen de wereld in te stappen en dus misschien voor het eerst in je leven iets te léren, en je vlucht dan zo snel mogelijk weer naar binnen. De misdadiger keert altijd terug naar de plaats van de misdaad, zeggen ze weleens, maar zo simpel ligt het niet. Het is eerder zo dat wie eenmaal geslagen is en een ongeneeslijke klap op zijn kop heeft opgelopen, altijd geslagen wil blijven worden, of op zijn minst anderen wil slaan en tot bruikbare pap kneden, zo zie ik dat, en dan nog wel op dezelfde school, dat zijn werkelijk de gevaarlijkste types. De hele tijd hebben ze een beetje leuk lopen doen met de leraren, en als ze zelf leraar zijn geworden hopen ze dat de leerlingen op hun beurt weer leuk met hen gaan doen. Het is pure incest! Wanneer de Laatste Dag aanbreekt zijn er met de beste wil van de wereld voor dat soort geen verzachtende omstandigheden te verzinnen. Mijn moeder was voordat ze met mijn vader begon al een keer getrouwd. Dat was zo'n man die al meteen na de huwelijksnacht tegen haar zei dat ze voortaan net zo voor hem moest zorgen als zijn eigen moeder altijd had gedaan. Je zult maar vrouw zijn, dus nog niet eens moeder, en dan zoiets te horen krijgen. Als vrouw zijnde zou ik zo'n slaplul onmiddellijk met een gewicht van vierhonderd kilo aan zijn been in het diepste punt van de eerste de beste haven wensen, dat ze hem na een week dreggen nog niet kunnen vinden. Ze heeft het me allemaal een keer verteld in de tijd dat we wat meer op elkaar aangewezen waren, toen mijn vader die twee avonden in de week bij de weduwe was. Uiteindelijk heeft ze het nog zeven maanden met die zak uitgehouden, dat ging ook mij boven mijn pet. Je moet natuurlijk wel iets meer over mijn moeders achtergrond weten voordat je daar te snel over oordeelt, maar dan nog. Jarenlang heeft ze gedacht dat je van alleen al een kus een kind kon krijgen, en ze was zo mooi dat de vriendjes van haar zusje al bij de eerste aanblik naar haar overliepen, maar dat ze dan in handen moest vallen van zo'n totale nul die een beetje vadertje en moedertje wilde gaan spelen, of nee, eigenlijk was het nog veel erger dan vadertje en moedertje, ze moesten die types met teddybeer en al in een brandende auto in een ravijn laten storten en het dan vertraagd nog twintig keer afdraaien.

Maar waar ik gebleven was, dat is dat ik naar die oom op vakantie werd gestuurd om een beetje bij te komen van al dat ziekengedoe en een wereld die alleen maar schuin naar beneden leek af te lopen. Hij had een huisje in Zuid-Frankrijk, in de Provence, waar hij met mijn tante woonde. Dat was zo'n beetje een persoonlijk paradijsje dat ze daar met zijn tweeën hadden opgebouwd, waar eigenlijk niemand meer bij kon, hooguit als toeschouwer dan. Vier weken lang heb ik dat onbeschrijfelijke geouwehoer aan moeten horen van iemand die nog nooit ergens over heeft nagedacht maar die desalniettemin denkt dat hij 'al een rijk leven achter zich heeft'. Alles had hij al gezien, oom Frits, daar kon hij ook niks aan doen, dat hij zo heette, maar wanneer hij bijvoorbeeld, meestal op aandringen van mijn tante, aan een boek of een verhaal begon, dan zei hij meteen na de eerste bladzijde: 'Ha, ik weet al hoe het afloopt!' En dat begon hij dan omstandig uit te leggen. Die oom Frits had gewoon niet in de gaten dat het er eigenlijk nooit om gaat hoe iets afloopt, hij had het altijd over zijn ervaring 'in de praktijk', accountant was hij van beroep geweest, en daar had hij al die mensenkennis opgedaan.

Voortdurend schepte hij op over zijn onverwoestbare gezondheid, dat is werkelijk het allerergste soort mensen dat er bestaat, die aan het eind van een volkomen leeg en nutteloos leven niets anders meer overhebben dan een 'gezond lichaam'. Dag in dag uit sleepte hij me mee op kilometerslange wandeltochten door die bloedhete heuvels met alleen maar struikjes en insecten, en dan draaide hij zich steeds om en zei: 'Je bent toch niet moe? Kom, een beetje doorzetten! Ik ben dan wel zeventig, maar ik loop dit met gemak elke dag...' Daarbij had hij het onafgebroken over de planten en hoe ze allemaal heetten, elke dag overhoorde hij me, of ik al die stompzinnige distels en klaprozen al uit elkaar wist te houden, en wanneer we daarmee klaar waren begon hij nog eens over de vogeltjes. Midden in die zinderende distelwoestijn bleef hij plotseling doodstil staan, stak zijn vinger in de lucht en zei: 'Hoor, dat is het grauwgebekte geelstaartje! Die is vroeg dit jaar. Vorig jaar juni had ik er nog geen een gehoord...' Het bonte schreeuwkoetje, de gevlekte spekduiven, de klaaglijke roep van het lulmannetje, hij had ze allemaal uit zijn hoofd geleerd. 's Nachts in bed droomde ik over de windbuks waarmee ik al zijn gevederde vrienden voor zijn ogen uit de lucht naar beneden zou schieten. Ik heb niets tegen vogels, maar ik hoef echt niet te weten hoe je ze bij hun naam moet noemen, en van planten zal het me helemaal een zorg zijn. Volgens mij zien die zogenaamde natuurliefhebbers gewoon nooit meer iets in zijn totaal, als een encyclopedie bladeren ze van de ene plant naar de andere, ze zien alleen de dingen vlak voor hun neus, ze zijn doodsbang om eens een keer helemaal tot aan de horizon te kijken.

Net als met zijn kennis van de natuur was oom Frits ook een kampioen in dooddoeners. Wat ik aan tafel, tijdens die eindeloze door mijn tante bereide voorgerechten, tussengerechten, hoofdgerechten en nagerechten, ook naar voren bracht, oom Frits wist altijd wel een gezegde dat de boel in één keer naar beneden haalde. In de trant van: 'Ja dat zal wel zo wezen, maar ik heb het wel anders gezien...' En dan kwam er weer zo'n vierdehands verhaal dat als origineel werd opgediend. 'In mijn praktijk heb ik de mensen maar al te goed leren kennen,' zei hij. In werkelijkheid kent dat soort precies acht anekdotes en twaalf spreekwoorden waarmee ze zich de rol van filosoof aanmeten, het is te erg om over na te denken op welke vreselijke manieren je allemaal oud kunt worden.

Wanneer er mensen kwamen logeren, ook al waren ze maar één dagje op bezoek, dan hadden mijn oom en tante een gastenboek waarin ze allemaal moesten opschrijven hoe leuk ze het hadden gevonden om bij oom Frits en zijn vrouw in huis te zijn geweest. Dat gastenboek duwden ze gelijk onder je neus, en dan bleven ze erbij zitten kijken, terwijl je er natuurlijk met bonzende slapen en een verlamde pen van plaatsvervangende schaamte iets in schreef. Ik had echt te doen met die mensen die daar iets leuks moesten opschrijven, want zodra ze klaar waren werd het gastenboek meteen van je afgepakt en gingen ze het gelijk lezen wat je erin had gezet. Dat is net zoiets als aan een krijgsgevangene vragen of hij wel goed behandeld wordt terwijl de kampbewaker ernaast staat; in zo'n geval zeg je natuurlijk altijd dat je je hele leven al eens een gevangenenkamp vanbinnen had willen zien, en dat het vooral zo fijn is dat je nu eindelijk eens de hele dag kunt pingpongen. Die types met gastenboeken willen voortdurend horen dat ze de leukste mensen van de wereld zijn, blijkbaar zijn ze daar van zichzelf dus niet zo zeker van. Wanneer ze af en toe beginnen te twijfelen, kunnen ze in elk geval hun gastenboek nog eens overlezen en als ze het dichtslaan verzuchten: 'Ach, wat zijn we toch ontzettend geliefd...'

Nee, het was al met al een hele opluchting toen het telegram kwam dat ik onmiddellijk naar huis moest komen omdat het plotseling veel slechter met mijn moeder ging. Samen brachten ze me naar de trein. 'Wat er ook gebeurt, je weet dat je altijd bij ons terechtkunt,' zei mijn tante, terwijl ik door het coupéraampje naar buiten leunde. Het was weer heel goed bedoeld allemaal, in wezen was die vrouw niet slecht, ik kreeg bijna spijt van wat ik die ochtend in grote haast in het gastenboek had gekrabbeld terwijl zij met zijn tweeën in de tuin met de bloemen en de planten in de weer waren. Waar ik ook terechtkon, in elk geval nooit meer in het paradijsje van oom Frits en zijn vrouw. Ze zullen het waarschijnlijk diezelfde dag nog gelezen hebben, hoe dan ook, ik heb nooit meer iets rechtstreeks van ze vernomen.

Via andere familieleden heb ik gehoord hoe het uiteindelijk aan zijn eind is gekomen. Oom Frits wist dan wel heel precies hoe het in alle verhalen afliep en wat de namen van de planten waren, wat zijn eigen leven betreft had hij daar niet het flauwste vermoeden van. Amper twee maanden na mijn moeders dood ging zijn vrouw ervandoor met een nog tamelijk jonge Franse architect die ik daar regelmatig had gezien wanneer hij zoete broodjes kwam bakken en over de originele landelijke dakpannen in de stijl van de Provence zat te ouwehoeren. Het was mij niet ontgaan hoe die twee naar elkaar keken als die gladde Fransman nog eens van de ansjovissalade opschepte, maar oom Frits had het veel te druk met zijn lulverhalen over de mensen 'in de praktijk' om in de gaten te hebben wat zich voor zijn ogen afspeelde. Toen zijn vrouw net was weggelopen kwamen er nog weleens mensen op bezoek, maar daarna lieten ze het al gauw een voor een afweten. Oom Frits zelf kwam bijna niet meer buiten de deur, de seizoenen volgden elkaar op, de bloemen en planten verloren hun bladeren en stonden opnieuw in bloei zonder dat zij door zijn alwetende commentaar van onderschriften werden voorzien. Gelukkig had hij dat gastenboek nog, zo kon hij tenminste altijd naslaan dat er ooit een tijd was geweest waarin alles goed was en de mensen hem de leukste man van de wereld vonden.

Ik zie hem nog staan, daar op het perron, terwijl de trein over de rails het station uit reed. Zijn opgeheven hand en zijn grijnzende hoofd 'waarbij je altijd terechtkon'. Het valt te hopen dat hij uiteindelijk bij zichzelf terecht heeft gekund, want al die bloemen en planten die hij kende als zijn broekzak hebben hem natuurlijk nooit zien staan, zo gaat dat in de natuur. Je krijgt er niets voor terug, voor al die kennis, zeker niet van het soort waar oom Frits zijn 'rijke leven' op gebaseerd had. In zijn dooie eentje voor het haardvuur, terwijl de wind om het huis heen loeit, zal hij zich misschien nog weleens hebben afgevraagd hoe het ooit zover had kunnen komen, dat hij niet al op de eerste bladzijde van zijn leven had kunnen raden hoe het met hem zou aflopen, dat het kortom een derderangs flutboek was dat ieder ander al na het eerste hoofdstuk met een geeuw zou hebben weggelegd, maar dat uitgerekend hij nu tot de laatste bladzijde zou moeten uitlezen.

Mijn vader kwam me van het station halen. Het was een nacht met een heftige storm en overal lagen afgerukte takken op straat. Het was die nacht dat hij me vertelde 'dat het niet lang meer zou duren'. Mijn moeder sliep al, ze hadden haar naar huis laten gaan, omdat er toch niets meer aan te doen was, zoals dat heet. De lift was zodanig afgesteld dat hij nog maar tot de tweede verdieping ging, zodat ze niet wakker zou worden van dichtslaande deuren en dat soort dingen. In de gang lagen allemaal dikke kleden en het stonk er naar ziekenhuis, ik lag de hele nacht wakker, de storm was gaan liggen, en ik luisterde naar de weinige geluiden die er van buiten kwamen.

De volgende ochtend zag ik mijn moeder bij het volle daglicht, ze vroeg of ze er slechter uitzag dan voordat ik was weggegaan. Ik moest me ver vooroverbuigen, anders verstond ik haar niet.

'Nee, dat valt wel mee,' zei ik, terwijl ik naar haar tegelijk vermagerde en opgeblazen gele gezicht keek. Toen vroeg ze me of ik een spiegel voor haar wilde halen, ze wou zichzelf bekijken, dat had ze al een hele tijd niet gedaan. In de badkamer trok ik een la open en ik zag vier spiegels liggen, eentje was de goudomrande handspiegel die ze altijd in haar tas meenam en waarin ze zich opmaakte als ze buiten de deur was. Mijn vader was naar zijn werk en het was onwaarschijnlijk stil in huis. Door het raam zag ik de benedenbuurman de bladeren die tijdens de storm van de afgelopen nacht naar beneden gekomen waren, op een hoop harken. Ik liep terug naar mijn moeders slaapkamer.

'Ik kan er geen vinden,' zei ik.

Ze had haar ogen dicht, ik wist eerst niet zeker of ze me wel gehoord had.

'Ik moet nu weg,' zei ik. 'Ik heb met Erik afgesproken, maar ik kom vanmiddag weer terug.'

Ze deed haar ogen open.

'Dat is goed,' zei ze. 'Ik ben blij dat je er bent, maar als jullie vanmiddag net iets leuks aan het doen zijn, moet je niet speciaal voor mij terugkomen.'

Ik gaf haar een kus op allebei haar wangen, die heel warm waren.

‘Tot vanmiddag,’ zei ik. Bij de deur stak ik mijn hand op, maar ze had haar ogen alweer gesloten.

Ik liep de trappen af en nam de lift vanaf de tweede verdieping. Buiten liep ik naar de telefooncel op de hoek om te horen of Erik thuis was.

8

Ik weet niet meer wie er ooit met het idee van de psycholoog is gekomen. Het zal Van Baalen wel geweest zijn, die is in elk geval op een avond bij ons thuis geweest om met mijn ouders over mijn slechte resultaten en negatieve houding te praten. Dat was nog voordat mijn moeder ziek werd en lang voordat de zwakbegaafde jongen op school kwam. 'Hij praatte heel aardig over je,' zei mijn moeder. 'Hij maakt zich alleen maar zorgen, ze willen je echt helpen.' Het was een behoorlijke teleurstelling, om niet te zeggen een koude dweil in mijn gezicht, dat mijn moeder er ook in getrapt was, in het psychologische geouwehoer dat op het Montanelli zo ongeveer tot de voertaal was verheven. Het beperkte zich natuurlijk niet tot binnen de schoolmuren, nee, de hele buurt zat al tot aan zijn nek in de therapie. Ze begonnen er het liefst zo vroeg mogelijk aan, je had ouders met kinderen van vijf die al bij de psychiater liepen, bij voorkeur met het hele gezin tegelijk, dat was uiteraard het gezelligst. Overal waar er te veel geld is en de mensen tijd te over hebben om eens lekker een flink eind weg te gaan piekeren, valt er voor de psychiaters en de psychologen een vette oogst binnen te halen.

Voor sommigen kwam die hulp te laat. In de winkelstraat

stortte een ooit beroemde en inmiddels eenenzestigjarige actrice zich van driehoog op de trottoirtegels te pletter, een paar blokken verderop volgde een miskende schrijver haar voorbeeld. En dat waren dan nog alleen de zelfmoorden die de krant haalden. Wat wil je ook in een buurt waar de ochtendsherry met mandflessen tegelijk over de toonbank gaat en de door migraine en verveling geplaagde bewoners in steeds kleinere cirkels om de pot met de dodelijke dosis slaapmiddelen heen dralen. 'Een tragedie speelde zich af, maar zij konden niets doen...' dat zeggen Erik en ik altijd wanneer we iemand zien die bijvoorbeeld hopeloos verliefd achter een ander aan loopt die daar werkelijk niets van moet hebben, of wanneer je het een of andere onvermijdelijke misverstand al van duizend kilometer afstand ziet aankomen. Zo is het in die buurt van ons ook: een tragedie die zich ook zonder dat je je ermee bemoeit met hoge snelheid naar zijn fatale afloop snelt. Hoe dan ook, haast in elk blok zie je wel zo'n mooie vergulde plaquette naast de deur met CONSULT VOLGENS AFSPRAAK, je bent pas écht niet goed bij je hoofd wanneer je daar het liefst met een wijde boog omheen loopt. Die hele buurt is werkelijk doodziek daar boven in zijn kop, en ze vertellen allemaal aan elkaar door hoe enorm ze ervan zijn opgeknapt, hoewel dat aan hun gedrag niet te merken is. Vaak komt het er alleen maar op neer dat ze die lulverhalen die ze al die jaren aan hun psychiater hebben zitten vertellen, nu ook aan hun naaste omgeving durven te spuien. Voor de rest van hun leven hebben ze een ongeneeslijke ouwehoerverslaving opgelopen waar ze nooit meer van afkomen. Je hebt er ook die juist volkomen dichtklappen, er komt nooit meer iets uit hun bek, ze zitten maar een beetje in hun eentje afgezonderd met hun kop te trekken en als je iets tegen ze zegt, spuiten ze overeind alsof je ze zojuist in hun nek hebt geschoten. Dat laatste soort is nog het meest draaglijk, wat mij betreft mogen ze gerust wat langer in hun eigen verstopte afvoer blijven rondroeren, dat is in elk geval voor iedereen een stuk rustiger.

Zo moest ik er uiteindelijk dus zelf ook aan geloven. Ik ben zonder protest gegaan, ik weet niet meer precies waarom, maar ik geloof dat ik gewoon nieuwsgierig was. Het was ergens in een laag barakachtig gebouw in het centrum van de stad, waar het psychologisch hoofdkwartier gevestigd was, en die eerste dag moesten mijn ouders meekomen. Tijdens het zogenaamde 'entreegesprek' kregen ze al ruzie. Mijn moeder begon erover dat mijn vader twee avonden in de week tot laat de deur uit was, dat hij zogezegd een vriendin had en dat zoiets het evenwicht van de opgroeiende zoon niet ten goede kwam; het was allemaal erg goed samengevat, maar ik was opeens het liefst heel ergens anders. 'Dat heeft er niets mee te maken,' zei mijn vader, en daarin kon ik hem volkomen gelijk geven, ik bedoel, het had allemaal nergens iets mee te maken als ze mij eindelijk eens aan het woord zouden laten, maar daar moest ik nog tot ver in de middag op wachten.

Die psycholoog was overigens niet van het ongrijpbare zeepbelgenre zoals ik het me van tevoren had voorgesteld. Hij rookte een pijp, dat wel, en hij heette Van der Dussen, maar voor de rest leek hij eerder op zo'n privédetective uit een Amerikaanse speelfilm, zo'n type dat achter een matglazen deur waar PRIVATE INVESTIGATIONS op staat duistere echtscheidingszaakjes en ogenschijnlijke zelfmoorden in een handomdraai weet op te lossen. Het zat hem in zijn ogen, die heel donker waren, en het was ook net of je aan zijn wenkbrauwen kon zien dat hij alles met een korreltje zout nam, maar goed, dat krijg je waarschijnlijk vanzelf wanneer je al je halve leven andermans geouwehoer hebt zitten aanhoren.

Nadat mijn ouders waren afgedropen begon het eerst met

een uitgebreide zogenaamde test, inktvlekken waar je zoveel mogelijk figuren in moest zien te herkennen, en allerlei vragen in de trant van: 'Wat is de overeenkomst tussen hout en kolen?' Brandstof, moest je dan antwoorden. Ik herinner me nog goed dat er een vraag bij was, die ging over tafels en stoelen, en hoe ik mijn kop ook afpijnigde, ik kon maar niet op het zogenaamd voor de hand liggende antwoord komen dat dat allebei meubels waren. Ik had het alweer veel te ver gezocht, ik dacht dat het een strikvraag was, zoals de meeste vragen die ze je stellen, dat méúbels gewoon niet waar kon zijn, de wereld is in werkelijkheid ook veel ingewikkelder dan dat twee of meer dingen bij elkaar zouden horen. Maar op dat soort tobbers was die test niet berekend. Je kreeg ook allerlei op stukken karton geplakte plaatjes voor je neus, en daar moest je dan een verhaal bij schrijven. Dat waren afbeeldingen van twee oudere vrouwen die voor een raam stonden en naar buiten keken, of iemand in zijn eentje onder een lantarenpaal in het donker, je kon al met je natte vinger aanvoelen met welke analfabetenmethoden ze je 'onderbewustzijn' naar boven probeerden te halen. Als je eens goed je fantasie de vrije loop zou laten en je lekker op je gemak zou gaan zitten inleven in dat type dat daar een beetje eenzaam met zijn handen in zijn zakken onder die lantarenpaal stond rond te hangen, dan hadden ze je natuurlijk al gauw ingedeeld bij de kluizenaars, bij het soort dat zich vanbinnen opvreet en het liefst zijn hele leven alleen wil blijven. In mijn verhaal werd die gozer onder de lantarenpaal vanuit een rijdende auto met een machinegeweer neergeknald, waarna er niemand op zijn begrafenis kwam. Toen ik het afhad, dacht ik: Welke conclusie zouden ze hieruit trekken? Dat ik graag zo snel mogelijk met mijn ondraaglijke eenzaamheid wil afrekenen? Agressief gedrag? Ik las het nog een keer over en overwoog het te veranderen, maar uiteindelijk heb ik het zo laten staan als ik het geschreven had.

Ik wil maar zeggen, dat is dus waar je hele persoonlijkheid op wordt beoordeeld, op wat je uiteindelijk laat staan, waar je geen zin meer in hebt om het nog te veranderen, omdat je toevallig al doodmoe bent geworden om een beetje zonder dat je er om hebt gevraagd verhaaltjes te gaan zitten opschrijven bij plaatjes die op karton zijn geplakt.

Ik herinner me vooral dat het zonder uitzondering sómbere plaatjes waren, maar dat zal vast en zeker ook wel weer zijn bedoeling hebben gehad. Ze deden me denken aan de kartonnetjes op het Montanelli, daar had je zogenaamde 'pakjes' voor Engels of Frans, bestaande uit een dertigtal kaartjes met op de voorkant een afbeelding en op de achterkant het bijbehorende woord. Je zag bijvoorbeeld een plaatje van een stoel en op de achterkant stond dan: *a chair*. Wanneer je dat allemaal uit je hoofd had geleerd, kon je zo'n pakje bij de leraar gaan opzeggen, wat inhield dat die leraar die kaartjes een voor een voor je neus hield en dat je dan moest zeggen: 'A chair... a duck... a garden...' Soms vroeg ik me af wie die 'pakjes' had gemaakt, iemand heeft tenslotte al die plaatjes uitgeknipt en ze op stukjes karton geplakt, dat vraagt een zekere toewijding. Hoe dan ook, het werd allemaal aangetekend in een 'werkboek' dat iedereen had, zo kon je dus 'in je eigen tempo werken', je mocht ook duizend pakjes per dag opzeggen als je daar zin in had, zodat je dat werkboek snel vol kreeg. In de praktijk kwam het erop neer dat de snelste opzeggers vol trots hun werkboek aan de anderen lieten zien, hoe ver ze al waren, en dat riep weer een waanzinnige concurrentie op, wat ongetwijfeld nooit zo bedoeld is, maar goed, wat wel eigenlijk? Mensen die iets bedoelen gaan zelden na of het in werkelijkheid allemaal wel net zo leuk is als hoe ze het van tevoren voor je bedacht hebben.

'S Middags was het zogenaamde persoonlijke gesprek. Van der Dussen had de resultaten van de test al voor zich op zijn bureau liggen. Hij trok aan zijn pijp en vertelde me dat ik vooral hoog had gescoord in het logisch denken. 'Om precies te zijn is er maar vijf procent die zo'n hoge score haalt,' zei hij. Ik wist niet goed waar hij heen wilde, dat hij me dat zo onomwonden vertelde, misschien was er verder in die hele test geen enkele strohalm meer te vinden waar ik me aan vast had kunnen klampen, maar ik weet wel dat ik me daar in de resterende jaren op het Montanelli Lyceum voortdurend aan heb vastgeklampt, aan die vijf procent hoogste score in het logisch denken. Het was alleen nu uitgerekend het logisch denken waar je op het Montanelli geen flikker aan had, waar je geen kant mee op kon.

Al met al had ik wel vertrouwen in die Van der Dussen, ik dacht, ik heb toch niets te verliezen, ik kan hem net zo goed alles vertellen. Het was amper vijf maanden geleden dat ik van mijn moeder had gehoord dat mijn vader het met die weduwe hield. Ik vertelde hem kortom alles. Hoe mijn vader twee avonden in de week weg was, en dat hij dan de rest van de week te moe was om er met zijn hoofd bij te zijn zoals het hoort. Hoe hij met de weduwe naar klassieke concerten ging terwijl hij stokdoof was voor alles wat naar muziek klonk. Ik zette soms platen voor hem op en vroeg hem dan of hij het verschil tussen de ene en de andere kon horen, maar dat waren hopeloze pogingen, hij deed wel zijn best, omdat ik nu eenmaal zijn zoon was, maar verder had hij nergens verstand van. Het was net als met meisjes, die weten ook nooit titels van nummers te onthouden, of hoe films of regisseurs heten, je kunt ze er een hele avond over doorzagen, de volgende dag zijn ze alles weer vergeten. Ze knikken alleen van ja wanneer ze hebben besloten dat ze je willen hebben, dan nemen ze die dingen voor lief, terwijl ze je ondertussen waarschijnlijk gestoord vinden dat je zoiets belangrijk vindt. 'De aderverkalkingsconcerten' noemden mijn moeder en ik die tweewekelijkse bezoeken aan het Concertgebouw, de gemiddelde leeftijd lag ver boven de honderd, het ging er volgens haar alleen maar om dat die mensen in de pauze hun nieuwe bontjas of hun nieuwe vriend of vriendin aan elkaar konden laten zien. Eén keer is mijn vader met de weduwe op vakantie geweest, toen moest hij zelf een doos wasmiddel meenemen om zijn overhemden te wassen terwijl hij uitsluitend linkerhanden heeft, want zij kon haar verfijnde vingers natuurlijk niet stukschuren aan waspoeder. Dat vertelde ik ook allemaal aan Van der Dussen, die alleen maar knikte, als een echte luisteraar. Hij vroeg niet waar ik me toch tegen verzette, of waar ik zo kwaad over was. Hij hoorde het allemaal aan, hoe mijn vader die veel te dure Fiat had gekocht omdat de weduwe voor minder niet naast hem ging zitten; in welke restaurants ze gingen eten; dat het mijn vader in feite een zorg was wat er op zijn bord lag, maar dat hij met haar wel een beetje de fijnproever zat uit te hangen; dat hij zijn hele leven nog nooit gerookt of gedronken had, maar dat hij natuurlijk de schijn op moest houden en daarom van die laffe dunne sigaartjes zat te paffen en van die kleine glaasjes Irish Cream ging zitten drinken, dat is zo'n beetje het meest nichterige niksdrankje dat ze ooit hebben weten te verzinnen, je zou het nog niet eens een poedel durven voorzetten. Van onvermengde alcohol kreeg hij meteen de hik, hij is vijfentwintig jaar vegetariër geweest; als je zo ongeveer je halve leven alleen maar grassoorten en planten hebt gegeten en je neemt opeens een dubbele whisky, daar begrijpt de maag natuurlijk niks van, wat er nou opeens naar beneden komt zetten, dat wordt onmiddellijk retour gestuurd.

Ik kon op een bepaald punt niet meer ophouden. Dat mijn vader ook nog eens al die verhalen over zijn vriendin aan mijn moeder vertelde, of aan mij, dat hij geen gevoel had voor hoe ver je kon gaan met de gevoelens van een ander, dat ze daarbovenop nog eens veel ouder was dan mijn moeder, dat ze in een luipaardjas rondliep en op rare lakschoenen en dat ze een kapsel had dat je nooit vrijwillig zou durven bedenken. Dat ik mijn moeder een keer huilend in de badkamer had aangetroffen en dat ik haar had gevraagd wat er was, dat was in de tijd dat ik nog nergens van wist. 'Niets,' zei ze en veegde haar tranen af aan een handdoek. 'Maar wat is er dan?' vroeg ik nog eens. Ik stond te trillen op mijn benen, ik had mijn moeder nog nooit zo onafgebroken zien huilen, dat ze werkelijk niet meer kon stoppen. Ze leunde tegen de centrale verwarming, ze had alleen een peignoir aan en haar haar zat helemaal door de war. 'Ik ben alleen maar verdrietig,' zei ze. Ze was heel erg klein, ik nam haar in mijn armen en drukte haar tegen me aan, ik was zeker een kop groter dan zij, ik had het gevoel dat ik haar met gemak helemaal fijn zou kunnen drukken en dat het huilen dan misschien op zou houden.

Van der Dussen luisterde aandachtig, terwijl zijn vriendelijk glimlachende lippen op het mondstuk van zijn pijp sabbelden. Toen ik min of meer was uitgesproken, hield hij me plotseling een doos sigaren voor, met een hoofdknikje nodigde hij me uit om er een te nemen. Hoewel het mijn eerste directe aanraking met de psychologie was, zat ik onmiddellijk op het puntje van mijn stoel. Ik voelde dat het hier om meer ging dan zomaar een terloops aanbod. Nee, in plaats van een aanbod van mens tot mens betrof het hier ongetwijfeld een tést, ik vertrouwde die Van der Dussen dan wel in zoverre dat ik hem zo'n beetje de hele historie zat op te hangen, maar ik was zijn beroep al die tijd niet vergeten. Was ik inderdaad de branieschopper met de grote bek, die de mensen in mij zagen, dan zou ik zeker ook wel sigaren roken. Ik had best trek in een sigaar, maar ik sloeg het aanbod af. De psycholoog observeerde mijn reactie, en ik observeerde de reactie van de psycholoog op mijn weigering. Een tijdlang zeiden we allebei niets. Ik keek naar de ingelijste foto op zijn bureau, een vrouw met lang blond haar en twee nog tamelijk jonge kinderen op de rand van de een of andere fontein.

'Nou ja,' zei Van der Dussen ten slotte, 'ik had hier vorige week nog een jongen van twáálf die de ene sigaar na de andere rookte...'

We spraken af dat ik hem over tien dagen zou bellen om ons gesprek voort te zetten. Thuis vroegen mijn ouders hoe het gegaan was. Ik vertelde over mijn vijf procent hoogste score in het logisch denken, maar over mijn gesprek met Van der Dussen liet ik weinig los.

'Maar waar hebben jullie het dan over gehad?' wilden mijn ouders weten.

'Over van alles,' zei ik. 'Ik heb hem verteld hoe het is om in een gezin te moeten leven.'

Dat maakte voorlopig een eind aan het gevraag. Tien dagen later draaide ik het nummer van het psychologisch instituut en vroeg naar Van der Dussen. Het was een vrouw die had opgenomen, aan de andere kant van de lijn viel het soort stilte dat in films altijd de grootste rampen moet aankondigen.

'Ach god,' zei de stem.

'Wat zegt u?' zei ik.

Het was weer even stil, het leek of de vrouw aan de andere kant naar adem schepte.

'Dokter Van der Dussen is vorige week donderdag overleden,' zei ze heel zacht, alsof ze haar tranen maar ternauwernood in kon houden.

Ik legde de hoorn op de haak en liet me met een plotseling heel erg warm hoofd in mijn stoel achteroverzakken. Donderdag... Ik rekende terug. Twee dagen! Van der Dussen had op de dag van ons gesprek *nog maar twee dagen te leven gehad...* Ik zag zijn vriendelijke gezicht weer voor me, zijn donkere ogen en de hand met de pijp. Zou hij zelf iets vermoed hebben? Nee, natuurlijk niet, anders had hij me toch geen sigaar aangeboden? Of juist wel? Toen dacht ik aan de foto op zijn bureau, aan de twee kinderen en de vrouw met het lange blonde haar. Zou hij thuis nog iets over mij hebben verteld? 'Vanmiddag weer een die de sigaar geweigerd heeft... Maar wat zit die jongen in de knoop! Daar heb ik jaren werk aan...' Hij moest dus in elk geval wel 'plotseling zijn overleden', volgens mij was hij zeker niet ouder dan zestig geweest.

Niemand kwam op het idee dat er nog meer psychologen waren op de wereld, en het is tot die ene ontmoeting beperkt gebleven. Toen ik het hele verhaal naderhand aan Erik en Gerard vertelde, gaf ik er aan het slot een grappige draai aan, namelijk dat de psycholoog letterlijk onder de last van mijn problemen moet zijn bezweken. Dat deed ik alleen maar omdat het zo een beter verhaal werd, ik bedoelde er niets kwaads mee tegen die man, ik had hem echt aardig gevonden, en dat met die sigaar, dat hoorde nu eenmaal bij het vak, daar kon je hem niet persoonlijk op aankijken. Ik mocht dus voorlopig weer alleen verder tobben, het enige dat als een paal boven water stond, was dat Van der Dussen de grote geheimen van mijn leven *met zich mee het graf in genomen had.*

9

Ik ben niet eens meteen begonnen de zwakbegaafde jongen te pesten. Ik heb hem eerst nog het voordeel van de twijfel gegund. Wat ik alleen wil zeggen is dat ik het niet echt nodig had, dat is eigenlijk het enige waar ik spijt van heb, ik had ook wel zonder hem gekund, maar Jan Wildschut wist ondanks zijn verwarde kop maar al te goed wat hij deed. Hij trok altijd zo'n vermoeid gezicht wanneer ze hem iets vroegen, dan vroegen ze het maar snel aan iemand anders. En hij had precies door hoe dat in zijn werk ging. Dat hij op een school als het Montanelli op de maximale dosis begrip kon rekenen. Als hij weer dat geplaagde stemmetje opzette, dan wilde ik hem graag met zijn kop frontaal tegen zijn tafel aan beuken, dat was gewoon niet tegen te houden, maar al die begripvolle leraren gingen onmiddellijk op hun hurken zitten omdat hij zo zielig zwakbegaafd was. Dat is het ergste wat je kunt doen. Ze hadden gewoon niet in de gaten dat hij veel uitgekookter was dan hij zich voordeed. Je moet eerst goed kijken hoe zwakbegaafd iemand eigenlijk wel is, en hem daarna net zo hard trappen als alle anderen. Ook als je iets heel normaals tegen hem zei begon hij soms direct te krijsen of kreeg hij vreselijke driftbuien, en dan snelden die leraren toe om hem tot bedaren te brengen. Voor hen lag het al bij voorbaat vast bij wie de schuld moest worden gezocht. Waar die schuld precies uit bestond, daar werd nooit een onderzoek naar ingesteld. Wanneer een leraar even een andere kant op keek, dan probeerde de zwakbegaafde jongen je tegen je schenen te schoppen of begon hij je heel hard te knijpen, hij had het al snel begrepen dat hij toch altijd vrijuit zou gaan, dat wist hij perfect uit te buiten.

Eén keer heb ik Jan Wildschut mee naar huis genomen, ik weet ook niet precies waarom. Zwakbegaafd of niet, ik moest niet veel van hem hebben, maar misschien hoopte ik diep in mijn hart wel dat het anders was, dat de zwakbegaafde jongen zich buiten de muren van het Montanelli Lyceum niet als de angsthaas zou gedragen die tegen alles en iedereen in bescherming moest worden genomen. Ik liet hem de vliegtuigmodellen en de tanks zien die ik in de loop der jaren in elkaar had geplakt, ik draaide platen voor hem en zette de pick-up harder wanneer er een mooi stukje kwam, zoals ik dat ook deed als ik met Erik en Gerard was, dan hielden we ook altijd even onze mond bij een gedeelte dat extra goed was. Ik heb hem zelfs de tekeningen en strips laten zien die ik had gemaakt. De zwakbegaafde jongen zei niet veel, hij knikte alleen maar een beetje, hij lachte zelfs even bij een tekening waarop een kat van vierhoog van een balkon sodemieterde. Dat had ik hem ook nog nooit zien doen: lachen. Ik had hem meteen in het begin al gezegd dat hij zijn jas uit moest doen, en vooral die sjaal en die wanten. Die deed hij ten slotte wel af, maar zijn jas hield hij aan, ik voelde dat hij bang voor me was, en mijn probleem bestond nou juist hieruit dat ik wel wist hoe ik iemand bang moest krijgen, maar dat ik geen idee had hoe ik dat weer ongedaan kon maken, zodat iemand zich bij mij een beetje op zijn gemak voelt.

Hoe dan ook, ik had al die tijd het gevoel dat ik iets góéds deed, dat het als het ware allemaal van bovenaf kwam, dat ik in wezen dezelfde houding tegenover hem aannam als de leraren van het Montanelli en dat ik wel de laatst aangewezen persoon was om hem te helpen. Helpen, dat is trouwens precies het woord waar het om gaat. Je moet volgens mij namelijk niemand hélpen. Mensen die hulp nodig hebben, of ze erom gevraagd hebben of niet, daar kun je nooit dezelfde dingen tegen zeggen en nooit zo tegen doen als tegen iemand die ook wel zonder hulp kan. Ik bedoel natuurlijk niet dat je mensen niet af en toe kunt steunen wanneer het eens een keer niet goed met ze gaat, maar dat is iets anders, dan ben je al vrienden, of op zijn minst zou je best vrienden kunnen worden. Iemand die constant geholpen moet worden, verliest ieder gevoel voor wat hij op eigen houtje nog zou kunnen, die weet op den duur niet beter meer dan dat iedereen klaarstaat om hem uit het water te halen wanneer hij erin valt, en daar raken ze zo snel aan verslaafd dat ze zich het liefst al bij voorbaat laten vallen om maar zo vaak mogelijk gered te worden. Als er geen medelijden bestond, zou de wereld er heel wat beter uitzien, zo denk ik erover. En medelijden, dat was precies wat ik voelde, als de zwakbegaafde jongen uit het glas cola dronk dat ik hem had ingeschonken en hij mij nauwelijks recht in de ogen durfde te kijken. Daar zou ik trouwens ook moeite mee hebben, om iemand recht in de ogen te kijken die me met alle geweld zou proberen te hélpen.

Mijn moeder was in die tijd al ziek, maar ze liep nog wel op haar eigen benen door het huis, zij het dan heel zachtjes en heel langzaam. Zonder haar walging te verbergen nam ze Jan Wildschut van hoofd tot voeten op.

'Die jongen moet juist gepest worden,' zei ze naderhand tegen me. 'Dat is precies wat hij wil.'

Een paar dagen later kwam Van Baalen naar me toe. Behalve leraar Nederlands was hij ook nog onze 'klassenleraar', dat was ook weer zoiets. Je had een klassenleraar die min of meer aan het hoofd van de klas stond, die zich in elk geval overal mee bemoeide, hoe ver je al was met je pakjes, dat soort dingen, en of het wel goed met je ging en waar je je toch tegen verzette en wat je wilde in dit leven. Naast een klassenleraar had je ook een 'klassenvertegenwoordiger', die werd door de klas gekozen en moest zoveel mogelijk leuke activiteiten organiseren. De klassenvertegenwoordiger, dat was ik, maar ik organiseerde nooit ene zak. Van Baalen heeft me een keer gevraagd of ik het soms nodig had voor mijn populariteit, dat ik klassenvertegenwoordiger wilde zijn, maar zo eenvoudig lag dat niet. Ik stelde me kandidaat en werd gekozen juist omdat ik allang de populaire jongen was, daar had ik zelf niets over te zeggen. Die Van Baalen verdraaide de zaken zoals ze al als een paal overeind stonden. Dat ik daarna niets deed met mijn uitverkoren positie van klassenvertegenwoordiger, was toch precies de vrijheid nemen die ze daar op het Montanelli voor je hadden uitgedacht? Maar dat ging er bij die man niet in. Dat was weer een negatieve houding, je werd er doodmoe van, ze wisten daar werkelijk nooit wat ze wilden.

Blijkbaar was het Van Baalen ter ore gekomen dat ik de zwakbegaafde jongen mee naar huis had genomen, God mag weten waar hij dat vandaan had gehaald, maar daarvoor ben je dan waarschijnlijk ook 'klassenleraar', dat werkelijk niets je ontglipt, behalve dan de dingen waar het om gaat in de wereld.

'Ik vind het ontzettend goed van je dat je dat hebt gedaan,' zei hij en kneep me in mijn schouder.

Nee, al met al was er op het hele Montanelli maar één man die een beetje begreep hoe de dingen in elkaar staken. Dat was Bronstein, onze geschiedenisleraar. Hij kon erg goed vertellen, vooral als hij een flinke kater had, maar goed vertellen is natuurlijk wel het minste dat je van een geschiedenisleraar mag verwachten, ik bedoel dat ik graag naar hem luisterde wanneer hij over veldslagen en dat soort dingen begon. Als de beide legers tot de vijandelijkheden overgingen dan zei hij bijvoorbeeld: '... en dan was het Jan-pak-de-leuning en ging de beuk erin.' Er werden heel wat rake klappen uitgedeeld in zijn verhalen, een van de vrouwen van Hendrik de Achtste kreeg van de koning 'een stoot voor d'r harses', verdedigingslinies werden aan flarden geschoten, bommenwerpers doken gierend naar beneden boven dichtbevolkte doelgebieden, en in de overwonnen steden werd flink gemoord en geplunderd.

Hij had een afzichtelijke straathond, die Oscar heette, en die hij altijd meenam in de klas. Daar sliep die hond op een stuk schuimplastic, hij zat onder de opengekrabde zweren en eczeemgezwellen, en wanneer de wind verkeerd stond woei dat allemaal je neusgaten binnen. Het was vaak niet eenvoudig om je hoofd erbij te houden. Als Oscar zich begon te schurken was het helemaal niet meer om te harden. Van al die stukgebeten, kale roze plekken steeg een soort lauwwarme vleeslucht op, dat je zelfs niet eens meer door je mond durfde te ademen. Gelukkig was Bronstein een kettingroker, dat hield de boel een beetje in evenwicht. Hij heeft eens een feestje gegeven bij hem thuis, voor de hele klas. Verder was het een nogal gesloten man, en waarschijnlijk hoopte hij langs die weg iets te doen aan de onoverbrugbare kloof tussen leraar en leerling, maar dat pakte heel anders uit. In elk geval was het Bronstein die de zwakbegaafde jongen op de manier durfde te benaderen die hij eigenlijk al veel eerder had verdiend. Dat gebeurde toen hij op een keer aan Jan Wildschut vroeg waar Willem de Veroveraar voet aan wal had gezet op de Engelse kust.

'Wat zegt u?' vroeg de zwakbegaafde jongen. Hij had meteen weer dat zielige zachte stemmetje opgezet waarmee hij altijd met succes de snaar van het medelijden wist te bespelen.

Meestal lukte het hem dan wel dat ze hem snel oversloegen, maar Bronstein had daar nou uitgerekend totaal geen oren naar.

'Je zit zeker weer te maffen!' zei hij dreigend.

Het werd plotseling heel stil in de klas. Oscar richtte zijn kop op van het schuimplastic en spitste zijn oren.

'Als je het niet weet dan donder je maar op...'

'Ik?' vroeg de zwakbegaafde jongen. Zoiets had hij nog nooit gehoord, dat ze zo'n toon tegen hem aansloegen, hij liet snel zijn mond half openhangen en begon met zijn ogen te knipperen, maar daarvoor was het al te laat.

'Ja jij, Jan Wildschut!' schreeuwde Bronstein en sloeg met allebei zijn vuisten op zijn tafel. 'Donder op! In godsnaam, uit mijn ogen! Alsjeblieft! Ik wil gewoon die kop van je niet meer zien!'

Ik had wel met hem te doen, zoals hij ten slotte met zijn gebogen hoofd de aftocht blies, maar eigenlijk mocht hij zichzelf feliciteren: het was de eerste keer dat hij als normaal mens de klas werd uit getrapt. Dat was bij al die andere zakkenwassers nog nooit in hun hoofd opgekomen, ze zouden het hem hooguit beleefd hebben gevraagd of hij het misschien vervelend vond om ook eens een keer op zijn donder te krijgen, het ergste van alles was dat je het ze nooit uit zou kunnen leggen.

Over dat feestje wil ik het kort houden, het is niet iets waar ik graag aan terugdenk. Bronstein woonde in zijn eentje in een klein huisje in de buurt van de haven, vlak naast de spoorbaan waar de treinen over een enorme stalen brug af en aan denderden. Je zag meteen dat hij niet gewend was om zoveel mensen over de vloer te hebben. Hij zat maar een beetje stilletjes in een hoekje te glimlachen, alsof hij er niet echt bij hoorde, en zei ook al niet veel. Toch had hij het niet kinderachtig aangepakt, geen goedkope koppijnwijn of zogenaamde vruchtensappen, maar een flinke batterij gin- en whiskyflessen waarvoor hij een halve boekenplank had moeten ontruimen. Er waren maar twee of drie stoelen, ze zaten allemaal op de grond veel te hard te praten en te lachen en uit de bakken met chips en pinda's te graaien, en hadden helemaal niet in de gaten dat Bronstein steeds stiller werd. Zijn ogen stonden de hele tijd bedroefd, ik dacht zelfs even dat hij zat te huilen, maar toen had ik mezelf ook al zo vaak opnieuw ingeschonken dat ik me dat net zo goed kan hebben verbeeld.

Het werd later en later, ik bleef om de een of andere reden veel te lang plakken. Erik en Gerard waren al weg en er stond zo'n eindeloos voortzeikende saxofoonplaat op, volgens mij was het steeds dezelfde die Bronstein elke keer weer omdraaide, misschien het enige dat hij in huis had wat nog een beetje naar een feestje moest klinken, maar bij mij werkte dat net even helemaal anders. Met al die zogenaamde jazzmuziek wordt de treurigheid zo dubbeldik met drie lagen tegelijk over je uitgesmeerd dat je er na verloop van tijd gewoon niet meer omheen kunt, dat is geen muziek meer, maar het meest botte paardenmiddel dat je kunt bedenken om de zwartste gevoelens bij de mensen naar boven te halen. Anton Kerkgrave zat zwijgend in een stoel, je kon aan zijn gezicht zien dat hij de eerste tweeduizend jaar waarschijnlijk niet meer op zou kunnen staan. Oscar stond met zijn snuit in een bak chips de vreselijkste geluiden te produceren, er waren er aan het eind van de avond sowieso nog maar een paar over die ook al niet veel meer te melden hadden.

Op een gegeven moment draaide Bronstein zich naar mij om. 'Jij zit de boel maar een beetje te observeren, hè?' zei hij. Ik keek hem aan, ik bedoel dat ik hem zo recht mogelijk probeerde aan te kijken, maar mijn hoofd draaide met zo'n duizelingwekkende snelheid rond dat ik alleen maar een soort laffe glimlach op mijn gezicht wist te krijgen. 'Jaja, ik zie het wel,' vervolgde hij vriendelijk. 'Jij hebt het allemaal al zo'n beetje bekeken...'

'Het is ook niet makkelijk,' zei hij en pauzeerde even om een nieuwe sigaret op te steken. 'Ik bedoel dat ik het ook niet makkelijk vind...'

Hij kreeg zijn sigaret met geen mogelijkheid aan, ik dacht dat hij elk moment voorover van zijn stoel af zou flikkeren.

'Soms donder je om vijf uur 's ochtends in je bed met een stoot drank in je melik waarmee je een paard omver zou kunnen krijgen, en dan sleep je je de volgende dag met de moed der wanhoop weer naar die school en zie je al die stompzinnige koppen weer voor je zitten... Je begrijpt vaak niet hoe je het allemaal overleeft...'

En toen begon hij over het Montanelli, dat het altijd hetzelfde ging met die systemen van wereldverbeteraars, dat het op zich nog niet zo slecht bedacht was allemaal, maar dat het steevast de navolgers en de gelovigen waren die er een potje van maakten. Hij had het over Jezus Christus en over Stalin en het communisme en over mensen die het gelijk aan hun kant hebben, het was behoorlijk interessant wat hij zat te vertellen, maar ik had de grootste moeite om mijn kop erbij te houden. Ik nam nog een handvol chips, wat het alleen nog maar erger maakte, terwijl Bronstein maar doorging over de heilstaat en de hemel op aarde. Het was duidelijk dat hij er al langer dan vandaag over had nagedacht. Hij zei ook dat ze allemaal tegen de muur moesten, hij zou ze eigenhandig een voor een executeren, ze zouden nog een laatste sigaret mogen roken, maar daarna was het ook onherroepelijk afgelopen, dan ging de blinddoek om en werd het bevel om te vuren gegeven, dat zou hij zelf op zich nemen, de hand met de sabel omhoog en dan 'Richten... Vuur!' schreeuwen. Hij begon onwaarschijnlijk hard te lachen en liet zijn glas gin op de grond vallen. Hij had het over de massagraven waar ze allemaal met bulldozers in zouden worden gedumpt, in de eerste plaats de hele bemanning van het zinkende stoomschip Maria Montanelli, zonder onderscheid tussen leraren en leerlingen. 'In het aangezicht Gods zijn we allemaal even grote klootzakken,' zei hij, terwijl hij op zijn knieën over de grond kroop om zijn glas te zoeken.

Ik probeerde op te staan, maar mijn benen wilden liever gewoon blijven zitten. Anton Kerkgrave stond in de keuken over de vuile glazen in de gootsteen heen te braken en op de pick-up draaide nog altijd die niet te harden jazzramp rond. Het was toen dat Bronstein begon te huilen. Je kon je dit keer niet meer afvragen of je het wel of niet goed zag, want zijn hele lichaam schokte heen en weer terwijl hij daar op zijn knieën op de grond zat en Oscar kwispelend naast hem stond en hem over zijn gezicht probeerde te likken, maar Bronstein duwde hem hardhandig van zich af. Ik weet nog goed dat ik dacht, waarom heb je dit niet al de hele avond zien aankomen en heb je een beetje zogenaamd geïnteresseerd zitten luisteren naar het verhaal van iemand die al veel te lang alleen is geweest, en ben je daarom soms zo lang blijven hangen, om de ontknoping te zien, en wat wil je ook met dat soort kankermuziek en mensen die pinda's en chips in het vloerkleed trappen? Maar ik geloof dat ik hem juist heb proberen te troosten, terwijl dat niet mijn sterkste rol is, ook al heb ik nog zoveel drank naar binnen, ik word er alleen maar walgelijk sentimenteel van. Ik moest plotseling denken aan de avonden dat Bronstein in zijn eentje thuis zat, zonder kutfeest, terwijl buiten de treinen voorbijreden, of wanneer de regen tegen de ramen sloeg en Oscar bij de kachel lag te slapen en zijn kop oprichtte als Bronstein naar de keuken ging en hoe hij daarna achter hem aan liep wanneer hij de deur van de ijskast hoorde, omdat hij dan dacht dat hij misschien iets te eten zou krijgen... Nee, ik weet niet meer wat ik precies tegen hem heb gezegd, misschien wel dat ik bij hem zou komen wonen, zodat hij niet langer meer in zijn eentje naar geluiden van buiten hoefde te luisteren, of dat ik in elk geval vaak bij hem langs zou komen en dat we dan bijvoorbeeld schaak konden spelen, en dat hij een televisie moest kopen, omdat daar soms best goede programma's op waren, ook over geschiedenis, hoe dan ook hoop ik dat het me nooit meer te binnen zal schieten, je zou er waarschijnlijk een paard mee aan het janken kunnen krijgen, om in Bronsteins eigen bewoordingen te blijven.

We stonden inmiddels in de keuken, waar Anton Kerkgrave met een veel te grote lepel probeerde de verstopte afvoer weer aan het lopen te krijgen. Bronstein drukte een theedoek tegen zijn gezicht en haalde een paar keer diep adem.

'Tja ja, zo gaat dat,' mompelde hij.

Hij legde de theedoek weg en probeerde te glimlachen.

'Ik vond het fijn dat jullie allemaal zijn gekomen,' zei hij. 'Maar het is nu wel erg laat geworden.'

Een paar dagen later zag ik hem opnieuw tijdens de geschiedenisles. Hij had het over de loopgraven in de Eerste Wereldoorlog en over zinloze slachtingen voor een paar meter terreinwinst. Ik probeerde zijn blik op te vangen, ik wilde weten of we ons allebei even weinig wisten te herinneren, een zogenaamde blik van verstandhouding was wat ik zocht, maar Bronstein keek gedurende de hele les niet één keer rechtstreeks de klas in. Er werd in feite niets met zoveel woorden uitgesproken, maar wat hem betreft was het dus in elk geval wel duidelijk dat ook het meest directe verleden inmiddels voorgoed tot de geschiedenis behoorde.

10

Kort na de zomervakantie werden de bestemmingen van de werkweek bekendgemaakt. Een 'werkweek', dat is alweer zo'n woord. Op elke andere school heette zoiets een schoolreisje, maar op het Montanelli noemden ze het een 'werkweek', vraag mij niet waarom, het zal wel zo zijn bedacht dat het dan wat serieuzer klinkt dan gewoon alleen maar 'schoolreisje': dat je iets leuks ging doen maar dat het vooral niet voor de lol was, dat zal wel zo ongeveer de redenering zijn geweest die erachter zat. Jawel, zo had je dus naast een 'werkboek', een 'klassenleraar' en een 'klassenvertegenwoordiger', een 'verslag' en 'beoordelingen', 'ruim voldoendes' en 'zeer slecht' en 'pakjes' dus ook nog een 'werkweek'. Je had nog veel meer natuurlijk, zoals 'vrije werktijd' en 'middagschool' en een 'schoolraad' maar om dat nu ook nog allemaal uit te moeten gaan leggen, het lijkt me tot zover in elk geval al ruim voldoende.

Samen met Erik en Gerard bekeek ik het stencil waarop de verschillende 'werkweken' werden beschreven. Je had er namelijk drie waaruit je kon kiezen; de enige overeenkomst was dat ze alle drie een week duurden. Een was een tocht met roeiboten 'door sloten en over plassen', dat leek wat vermoeiend en vooral te langzaam, de tweede was het maken van een poppenfilm 'ergens op een boerderij in de bossen', dat was onder leiding van Vermaas, dus dat kwam sowieso niet in aanmerking, maar anders in elk geval ook niet. Een 'poppenfilm', het woord alleen al! Je kon wel zo'n beetje raden waar die poppenfilm met Vermaas in de regisseursstoel over zou gaan. Nee, de keuze was niet moeilijk, die viel dan ook al snel op de derde mogelijkheid, 'een trektocht op de fiets door de provincie', daar kon je tenminste alle kanten mee op. Zo'n boot, daar kon je niet uit zolang hij op het water was, en een poppenfilm waar je waarschijnlijk alleen maar de hele dag in de papier-maché zat te roeren terwijl Vermaas ondertussen voor je bedacht 'hoe we het nog gekker kunnen maken', dat was het vrijwillig zoeken van moeilijkheden en daar keken we wel voor uit.

Weliswaar ging Van Baalen met die fietstocht door de provincie mee, wat natuurlijk beter was geweest van niet, maar daarnaast ook Bronstein en Angelina Romeyn, dat was onze lerares Duits, die er precies zo uitzag als waarnaar haar voornaam al klonk. Het was gewoon een genot om al die Duitse wanklanken over haar lippen te horen komen. Voor Duits had ik altijd een 'ruim voldoende' of meer, terwijl ik van die taal op zich niet veel moest hebben, maar zoals Angelina Romeyn de woorden uitsprak, dat was puur visueel onderwijs. Wanneer je naar haar mond keek dan onthield je voor de rest van je leven dat het *die Sehnsucht* was en niet *der*. Ze was nog heel jong, te jong voor een lerares eigenlijk, en het was soms moeilijk om die twee dingen uit elkaar te houden.

Met Erik ging ik altijd vooraan zitten om haar van zo dichtbij mogelijk te kunnen zien en de lucht in te ademen die van ergens in de buurt van haar hals opsteeg. Ze had elke dag andere oorbellen in, van die hele lange met veel schakeltjes, die zachtjes rinkelden wanneer ze haar hoofd bewoog, nee, tijdens de Duitse les zette ik zo min mogelijk mijn grote bek op, het was goed om eens naar iemand anders te luisteren, ook al ging het er dan niet direct om wát er precies gezegd werd. 'Je bent echt een grote jongen hoor,' zei ze een keer tegen me, terwijl ze op zo'n plagerige manier begon te lachen en zich zelfs over haar tafeltje heen boog om me een zet tegen mijn schouders te geven. Ze maakte er niet te veel woorden aan vuil, maar ze wist maar al te goed wie ik eigenlijk was, ze verstond de kunst om regelrecht door je heen te kijken, dat ik dan wel veel geluid maakte, maar dat ik ook liever anders zou willen. Erik en ik zaten elkaar weliswaar zo'n beetje af te troeven in gewaagde opmerkingen over *die Liebe* en *körperliche Ausstrahlung*, maar Angelina Romeyn had heel goed door waar we heen wilden, ze begon op precies het juiste moment te blozen, of ze zat even met haar vingers aan haar prachtige opgestoken haar, dat van een onwaarschijnlijk doorzichtige en tegelijkertijd donkere kleur was, net als haar huid, waar je ongetwijfeld dwars doorheen zou kunnen ademen, of ze kneep haar zwarte ogen samen en keek je zo een poosje aan zonder iets te zeggen, dan wist je ook al gauw niets nieuws meer te bedenken. Het was al met al geen onaantrekkelijk vooruitzicht om in het gezelschap van Bronstein en Angelina Romeyn 'een trektocht op de fiets door de provincie' te mogen maken.

Verder stond dat stencil vol met eindeloze lulverhalen over zelfwerkzaamheid en zelf koken en zelf doen, het woord 'zelf' kwam in elke zin wel vijf keer voor, het was tenslotte een wérkweek, dat moest je vooral geen seconde uit het oog proberen te verliezen. 'In de avonduren is er ruimschoots de tijd voor onbekommerde zelfbevrediging,' zei Erik terwijl we onder aan het stencil het hokje 'fietstrektocht' aankruisten.

Ze hadden me dat jaar laten overgaan, hoewel mijn 'verslagen' onmiskenbaar een heel andere taal spraken, het was wel duidelijk dat dat was vanwege de ziekte van mijn moeder. Ik heb al verteld hoe ze met me meeleefden, en ze hadden me nog één kans willen geven. Ik had het dus in feite aan mijn moeder te danken dat ik het allemaal nog een jaar langer mocht meemaken, maar Erik en Gerard en ik zaten niet meer in dezelfde klas, dat hadden ze niet opnieuw willen aanzien, al kon niemand verhinderen dat we met zijn drieën wel dezelfde werkweek uitkozen. Ze waren allebei op de begrafenis geweest, samen met nog wat lossere vrienden, en een hoop vrienden en vriendinnen van mijn moeder en de onvermijdelijke ooms en tantes. Ik kan het iedereen aanraden, een begrafenis van een al dan niet dierbaar familielid, je weet meteen wie er wel en wie er niet meer kunnen. Vooral die veel te serieuze gezichten van mensen die nog nooit iets hebben meegemaakt, die vergeet je gelukkig niet snel. Ze kunnen er ook niets aan doen, ze weten nog niet dat alles een eind heeft en daarom zetten ze zo'n van tevoren in de spiegel ingestudeerd grafhoofd op, maar daar komen ze nog wel achter dat je niet je hele leven bij elke keer dat er eens iets misgaat weer diezelfde kop kunt trekken. Wie je ook hebt, zijn de professionele begrafenisbezoekers, die voor iedereen wel het juiste woord op de verkeerde plaats klaar hebben liggen. Dat zijn de kampioenen in omhelzingen en tranen op commando. Je pikt ze er zo tussenuit, ze hebben vaak van die hele lange jassen aan, of zelfs een gigantische hoed met een brede rand en een zonnebril op, zodat niemand ze over het hoofd kan zien wanneer ze met de allergrootste bos bloemen van iedereen om je nek gaan hangen, en als het allemaal is afgelopen staan ze als eersten koffie te zetten en broodjes te smeren 'want iemand moet dat toch doen'; je kunt altijd bij ze langskomen zolang je maar aan de hele wereld doorvertelt dat je zo ontzettend veel aan ze hebt gehad en het zonder hun onontbeerlijke steun nooit had kunnen redden, maar als je dat per ongeluk vergeet is het ook niet echt een punt, dan zorgen ze daar zelf wel voor. Het gekke is dat je van die types vaak jarenlang niets hoort of merkt, ze zijn er alleen als de kippen bij als er ergens iets te sterven valt, ja, ik ben er zelf bij geweest en heb ze allemaal de hand gedrukt en al die gezichten voorbij zien trekken, ik kan ze uit duizenden herkennen, van die ogen die pas beginnen te glanzen wanneer het leed van anderen erin weerspiegeld wordt. De ouders van Erik waren er ook, zijn moeder had een bosje vergeet-me-nietjes in haar hand, dat waren de lievelingsbloemen van mijn moeder, en voordat de stoet zich in beweging zette, haalde zijn vader even zijn schouders op toen we elkaar aankeken, zo van: 'Tja, het moet toch gebeuren...' daar heb je op zo'n moment heel wat meer aan. Met mij was het namelijk zo dat ik toch in de eerste plaats een soort opluchting voelde dat het eindelijk achter de rug was, die ziekenhuislucht die altijd aan je kleren bleef hangen en zo'n veel te lang verhaal waarvan je het einde toch al een heel jaar lang onherroepelijk hebt zien aankomen, maar dat moet je vooral niet aan die rampenverslaafden proberen uit te leggen, die weten dan meteen te melden dat je geen hart hebt en dat je nog veel, 'nog heel veel' moet leren. 'Ik vond je toch aardiger toen het slecht met je ging,' dat is eigenlijk de boodschap die ze je willen overbrengen, al zullen ze altijd te schijterig zijn om het recht in je gezicht te zeggen.

Na afloop ging ik met mijn vader uit eten, ergens op een terras aan het strand. Het was een prachtige dag en ik had in tijden niet zo lekker gegeten. Ik zei tegen mijn vader dat het misschien wel een goed idee was om nog een derde glas wijn te bestellen, samen keken we naar de schuimende golven en de meeuwen, ik was in elk geval dankbaar dat het allemaal bewoog, dat ik weer rustig kon kijken naar dingen die er altijd al geweest waren, terwijl je zeker wist dat het voorlopig tenminste niet erger kon worden dan wat zich het afgelopen jaar had afgespeeld.

'Ik denk dat we het samen wel zullen weten te vinden,' zei ik tegen hem, en ik meende het nog ook, ik bedoel dat ik me daar op dat terras eigenlijk zo gelukkig voelde dat ik wel alles had kunnen zeggen, juist tegen mijn vader, die het hele gebeuren toch van dichtbij had meegemaakt. 'Ja, dat denk ik ook,' zei hij glimlachend. In de Fiat, toen we achter de zwarte begrafenisauto's aan reden, had hij gezegd dat het hem niet onberoerd liet allemaal. 'Ik voel toch dat ik vochtige ogen heb,' zei hij letterlijk. Het zat hem in dat woordje 'toch', dat iets had van 'ondanks alles', zodat plotseling de weduwe even meereed op de achterbank, wat nu wel de laatste pottenkijkster was die ik er die dag bij wilde hebben, maar terwijl we samen op het strand van de wijn zaten te drinken was ik dat allang weer vergeten.

De eerste weken ging het inderdaad niet slecht. Er was een buurvrouw die drie keer in de week een maaltijd voor ons klaarmaakte, zodat we 's avonds alleen maar de pannen hoefden op te warmen, maar daar kreeg ik al gauw schoon genoeg van, ondanks alle goede bedoelingen. Het was altijd dradenvlees wat er in die pannen zat, na verloop van tijd bracht ik niet eens meer de moed op om de deksels op te lichten en flikkerde ik alles met mijn ogen dicht in de vuilnisbak. Mijn moeder had een gigantische kookencyclopedie van wel duizend pagina's en daar begon ik gerechten in op te zoeken, het was een heidens werk omdat er nooit een recept in zijn geheel achter elkaar in stond, je werd voortdurend naar andere pagina's verwezen en ik was uren bezig om al die ingrediënten in te slaan. Mijn vader deed wel zijn best, terwijl hij voorzichtig van de gestoofde zalm in witte wijnsaus proefde, maar ik verdacht hem ervan dat hij toch liever weer gewoon dradenvlees had, dat stond alleen niet in die encyclopedie. Ik had in mijn hele leven zelfs nog nooit een aardappel gekookt, dus moest ik aan Eriks moeder vragen hoeveel water je in een pan moest doen en dat soort dingen. Er ging al met al veel tijd in zitten, aan mijn schoolwerk kwam ik nauwelijks toe, laat staan aan afwassen. Daarnaast viel er van alles op de grond, ik bedoel dat het altijd mijn moeder was geweest die het huis had ingericht en het stond vol met breekbare spullen, porseleinen lampen en schaaltjes en van die glazen op heel dunne pootjes, die ze op antiekmarkten bij elkaar had gestruind. Het leek net of al die spulletjes niets van ons moesten hebben, dat ze er in feite op uit waren om de tent maar zo snel mogelijk achter haar te sluiten, alsof ze het liefst gelijk met haar waren begraven, zoals bij de farao's, want het was gewoon niet normaal in wat voor ijltempo ze zich te pletter stortten. Wat er na verloop van tijd nog bij kwam, was die vreemde lucht die ook nog bleef hangen nadat je de ramen een hele dag had laten openstaan. Mijn vader ging 's morgens vroeg naar zijn werk en hij moest staande in de keuken ontbijten, als hij tenminste nog een schoon bord en een mes kon vinden. Wanneer je nooit meer afwast dan weet je dat het je een week zal kosten als je er eenmaal aan begint, en bij dat vooruitzicht ging ik liever eerst even liggen. Zoals ik al zei zaten 's middags de gordijnen nog dicht, het leek trouwens helemaal wel of het steeds donkerder werd in dat huis, ik was in feite woedend dat de dingen zo onbeschaamd de macht overnamen, maar mijn woede richtte zich verkeerd, niet in de laatste plaats tegen mezelf.

Zo gingen we steeds vaker in restaurants eten, wat ook elke keer minder gezellig werd. Mijn vader probeerde soms over de weduwe te beginnen, dat ik haar toch eens een keer moest ontmoeten, dat zij ook zat te popelen om mij te leren kennen, maar daar wilde ik niets van horen. Bovendien was dat niet minder dan hoogverraad. Mijn moeder zat nog altijd als derde aan tafel, en wanneer ik me opnieuw van de wijn inschonk verloor ik soms mijn geduld. 'Jij begrijpt ook geen ene zak,' zei ik, en in plaats van onmiddellijk iets terug te zeggen, verbleekte hij helemaal en ging daar dan wekenlang op zitten broeden. Dat soort dingen vergat hij nooit, en een dag of tien later, wanneer hij me bijvoorbeeld probeerde uit te leggen dat ik misschien beter iets zus of zo kon doen, zei hij soms opeens: 'Maar ja, ik begrijp dan ook geen ene zak...'

Nee, een beetje stevige ruzie behoorde niet tot de mogelijkheden. Hij liet zich alles zeggen, waardoor ik steeds verder ging om hem eens een keer echt kwaad te krijgen, maar het was net alsof je met een half pond boter aan je handen een steile wand probeerde te beklimmen: voor je het wist stond je weer beneden en kon je weer van voren af aan beginnen. Ik begreep er ook geen moer van dat die weduwe zogenaamd zat te popelen om mij te ontmoeten, want zij was toch zo ongeveer de enige op de wereld aan wie hij kon vertellen wat een etter ik eigenlijk was en wat hij niet allemaal met mij te stellen had.

Om kort te gaan kwam de trektocht op de fiets door de provincie als geroepen, dan was ik er eens even helemaal uit. Ook de zwakbegaafde jongen had voor de fiets gekozen, wat een fatale vergissing was, hoewel niemand daar op dat moment nog enig vermoeden van had. Als hij nou maar met de poppenfilmploeg was meegegaan, misschien was het dan wel heel anders gelopen allemaal en had hij zijn hele leven nog zwakbegaafd kunnen blijven.

11

Zo vertrokken we drie weken later met de trein naar het beginpunt van de trektocht. Een tegenslag was dat Bronstein op het laatste moment niet meeging, misschien was hij geveld door een nieuw delirium, dat is nooit helemaal duidelijk geworden. Zijn plaats werd ingenomen door Schutte, de gymnastiekleraar. Dat was zo'n type dat altijd in een trainingspak rondliep, ook wanneer daar geen directe aanleiding voor was. Hij stond doorlopend van die boksbewegingen te maken en zogenaamd soepel verend op zijn sportschoenen op en neer te springen, het was moeilijk om daar lang naar te blijven kijken, ook al omdat hij je veel te vaak van die joviale klappen op je schouder gaf of je een beetje jongensachtig onder je reet schopte, terwijl er in die kop verder niets joviaals te ontdekken viel. Die Schutte wou net zo jong doen als zijn leerlingen, maar dat jonge zat hem alleen in dat springerige sportlichaam van hem; verder noemde hij iedereen bij zijn achternaam, waarschijnlijk had hij uiteindelijk liever in het leger gezeten, wat ik wil zeggen is dat er uit die man zijn bek alleen maar zulke saaie zinnen kwamen dat je het begin al was vergeten nog voordat hij was uitgesproken.

Het was een behoorlijke domper dat we plotseling met Schutte zaten opgescheept. Het begon al op het station waar hij meteen commentaar had op hoe de meesten hun bagage hadden ingepakt, op het perron zat hij op zijn hurken allerlei riempjes strakker aan te trekken en slaapzakken vakkundiger op te rollen, vooral bij de meisjes deed hij daar veel te lang over. Het leek haast wel of Van Baalen ook een beetje in zijn maag zat met de onvoorziene aanwezigheid van de veel te energieke gymnastiekleraar, alsof hij bang was dat zijn eigen hoofdrol tijdens de trektocht in het geding dreigde te raken. Hij maakte een opmerking over Schuttes nieuwe trainingspak dat die zo te zien speciaal voor de fietstrektocht had aangeschaft, het was inderdaad net iets te erg, van een draaierig makend zachtblauw en op het borststuk stond een konijn afgebeeld. Het klopte allemaal heel goed, want dat was namelijk precies wat Schutte was: een jolig konijn, maar dan wel een van het soort waarvan je hoopt dat hij bij het graven van zijn holletje op een vergeten landmijn uit de Tweede Wereldoorlog zal stuiten. Schutte keek tamelijk verstoord toen Van Baalen dat zei over zijn leuke trainingspak.

'Wat bedoel je?' vroeg hij. 'Is er iets niet goed?'

Toen mompelde Van Baalen maar snel iets lafs dat dat konijn hem juist erg goed stond, zelf was hij een van die types die ik nog in zo'n bruin confectiepak heb meegemaakt en ook zijn haar zat in die tijd nog normaal, maar nu had hij een baard van drie weken oud en het soort uitgezakte kleding waar je al moe van wordt als je er alleen maar naar kijkt, alsof hij er ook in sliep en ermee onder de douche ging.

Erik en ik keken elkaar aan. We dachten allebei hetzelfde, namelijk dat een beetje wrijving tussen twee leraren, met de belofte van later misschien zelfs een flinke aanvaring, een trektocht op de fiets door de provincie precies dat tikkeltje méér kan geven waardoor je er naderhand met plezier aan terugdenkt. Het zou in elk geval de persoonlijke vrijheid vergroten wanneer de leiding verdeeld was, daar kon je de klok op gelijkzetten. Angelina Romeyn zag er daarentegen even schitterend uit als altijd, ze had dan wel van die zogenaamd praktische fiets- en kampeerkleding aangetrokken, maar met een elegantie dat je je afvroeg hoe ze het voor elkaar kreeg. Ook haar oorbellen had ze voor deze werkweek niet thuisgelaten.

De vorige dag was ik nog afscheid gaan nemen van Cristina, die zo mooi is dat zelfs Erik zijn jaloezie maar nauwelijks weet te verbergen, hoewel hij alle vriendinnetjes kan krijgen die hij maar wil, hij heeft telkens weer andere, maar ik hou meer van iets wat langer duurt. Ze zit op een andere school, het Erasmus College, ik weet ook niet waarom het zo heet. In elk geval was die Erasmus vast niet zo'n nieuwlichter als Maria Montanelli, dat kan ook haast niet want die man is volgens mij al minstens driehonderd jaar dood. Hoe dan ook is alles op die school op de een of andere manier veel duidelijker. Ze hebben bijvoorbeeld bij de hoofdingang twee trappen waarover uitsluitend de leraren naar boven mogen, de leerlingen moeten eerst naar de fietsenstalling afdalen en kunnen daarna via een trap binnendoor in de eigenlijke hal van de school doordringen. De leerlingen moeten dus eerst een stuk naar benéden, de leraren zijn meteen bóven, er wordt tenminste niet omheen gezeken hoe de zaken er in feite toch voor staan. Cristina vertelt me weleens over die leraren op het Erasmus College en zo te horen zijn ze daar nog dommer dan op het Montanelli, maar ze weten gewoon niet beter, het is niet uit goedheid dat ze voor leraar spelen, wat volgens mij pure winst is, hoewel Cristina nou juist weer naar het Montanelli wil, ik kan nog zo tegen haar aan lullen, dat is gewoon niet uit haar hoofd te krijgen, ze denkt dat het daar beter is. Dat denken er wel meer die het nog nooit van binnenuit hebben meegemaakt.

Ze heeft heel strenge ouders en we moeten dus behoorlijk

in het geheim opereren, maar dat heeft ook zijn aantrekkelijke kanten. Haar vader is een ongeneeslijk gestoorde huistiran die aan tafel altijd per se het vlees moet snijden. Dat zie je wel vaker, van die mannen die werkelijk nergens voor deugen maar die zich met zo'n vleesceremonie toch nog een zekere autoriteit in een gezin weten aan te meten. Hij heeft regelmatig driftbuien en dan slaat hij haar ook, evenals haar zusje, ze heeft me verteld dat ze dat vleesmes op een keer bijna in zijn rug had gestoten, want zij moet het hem altijd aanreiken, dat hoort ook bij de ceremonie. 'Cristina...! Het vleesmes!' En dan moet ze opstaan en om de tafel heen lopen en het naast zijn bord neerleggen. 's Avonds zit hij urenlang in een aparte kamer oude kranten te lezen en dan onderstreept hij met een rood potlood 'belangrijke passages'. Ik geloof dat hij vier jaar achterloopt met het wereldnieuws, die hele kamer ligt tot aan het plafond vol met kranten. Er zijn mensen waarvan je helemaal geen weet hebt dat ze bestaan tot je er toevallig over hoort, en dan moet je het wel geloven, ook al zou je soms liever willen van niet. Haar moeder is een hopeloze zenuwmoot die geen seconde stil kan blijven staan, vooral haar mond heeft daar de grootste problemen mee. Cristina heeft me ooit aan haar voorgesteld als een vriend 'die haar met huiswerk kwam helpen', want hoe het in feite in elkaar zit, dat is beter dat ze daar zo min mogelijk over te weten komen. Ik heb precies twee woorden tegen haar gezegd, en dan nog dwars tegen de windrichting in, dat het nauwelijks zal zijn overgekomen, want er was geen houden meer aan toen dat mens eenmaal van wal stak.

Wat we soms deden was dat Cristina zogenaamd bij een vriendin in een andere stad ging logeren en dat ze dan in werkelijkheid die dagen bij mij was. Haar moeder belde elke dag naar die vriendin, want behalve zenuwenlijster was ze ook nog zo'n controleneuroot die de gangen van haar dochter van minuut tot minuut na wilde trekken. De vriendin zei dan tegen haar moeder dat Cristina net even boodschappen was gaan doen, daarna belde ze naar ons en kon Cristina haar moeder bellen, zogenaamd alsof ze dus bij die vriendin was. Dat is altijd goed gegaan, ze kon alleen nooit naar buiten, want haar ouderlijk huis was maar twee blokken van het mijne verwijderd. Zo ging ik dus steeds de straat op om allemaal lekkere dingen te kopen, het was al met al ook maar beter dat ze gewoon in bed bleef, ik roosterde boterhammen waar ik de vers gekochte zalm op deed, met een glaasje wijn ernaast en servetjes en zachtgekookte eitjes en fijngesneden haring met uitjes, alles op een antiek dienblad van mijn moeder dat ik op haar schoot op de lakens neerzette. Ik was volmaakt gelukkig wanneer Cristina haar lange haar naar achteren sloeg en met slaperige onopgemaakte ogen begon te eten, met het laken tot boven haar borsten opgetrokken; ik had haar ontvoerd en zou haar nooit meer laten gaan, in elk geval niet voordat zij het dienblad met een vermoeide glimlach naast het bed had gezet en ik weer naast haar was gekropen.

Wat het nog mooier maakte was dat het allemaal geheim en verboden was. Het was zo ongeveer het enige in mijn hele leven waar een verbod op rustte, en ik koesterde en knuffelde het geheim tot ik van pure gelukzaligheid in een soort wakende slaap wegdommelde waarin ik allemaal beelden zag: schepen die uit de haven vertrokken en allerlei glanzende meubelstukken, hele museumzalen vol, of vogels die op hun nesten zaten en daarna met langzaam klapwiekende vleugelslag opstegen. Die beelden hadden nergens iets mee te maken, behalve dan dat ze zo prachtig waren in al hun eenvoud en helderheid, zonder dat ze iets betekenden en zonder dat ze het een of andere verhaal te vertellen hadden, ze bestonden gewoon alsof ze altijd al hadden bestaan; de wereld zit al veel te vol met dingen die een begin en een eind hebben.

Zo haalde ik die laatste dag voor het begin van de werkweek Cristina dus af bij het Erasmus College. We wandelden langs het kanaal dat achter de school langs liep. Cristina wil later danseres worden, maar haar ouders willen daar niets van weten, ze heeft het eigenlijk veel moeilijker dan ik. Ik zei tegen haar dat ik, wanneer ik eenmaal beroemd was, alles voor haar zou betalen, we moeten later alles samen gaan doen, dan kan niemand daar zijn kwaadaardige poot meer tussen krijgen. Wat we precies gaan doen, daar heb ik heel duidelijke ideeën over, zij ook, ze is het in vrijwel alles wel met me eens. Ik wil een keer een film maken die over het leven vóór de dood gaat, waarin alles te zien is wat er allemaal bestaat voordat je doodgaat, maar ik bedoel daar vooral mee dat je niet ongemerkt doodgaat en daarna nog jarenlang blijft doorleven zonder dat de dingen je iets te zeggen hebben. Zoiets kun je juist heel goed in een film laten zien, omdat het dan net is of je er zelf bij bent. Ik wil iets met die beelden proberen te doen die ik soms zie wanneer ik tegen Cristina's warme lichaam aan lig. Volgens mij begrijpen de mensen precies waar je het over hebt, als je het goed doet, om ze te laten zien wat werkelijk belangrijk is in de wereld, dat dat vaak veel minder kan zijn dan dat je een heel verhaal moet gaan zitten vertellen. Er zijn altijd dingen die groter zijn dan jezelf, dat merk je vooral wanneer je ergens 's nachts bent met allemaal donkere heuvels om je heen, of wanneer je van die gigantische golven tegen de rotsen ziet beuken. Dan weet je dat het allemaal ergens anders vandaan komt en niet uit jezelf, dat je alleen maar goed moet kunnen luisteren om te weten wanneer het zover is. Wie de grote bewegingen ziet weet ook dat hij niet alleen is, wie daar geen oog voor heeft kan het verder wel vergeten.

Cristina luisterde aandachtig, we waren al bijna voor de deur van haar huis aangeland, waar we wat schichtig om ons heen keken omdat elk moment die oudpapiergek ergens van om een hoek zou kunnen opduiken. In het portiek drukte ik haar tegen me aan. Ik zei dat ik elke dag meer van haar hield, wat precies was wat ik had willen zeggen, gewoon omdat het de waarheid was. Ik zei dat ik haar zou bellen wanneer we eenmaal onderweg waren, kuste haar heel lang en keek daarna nog drie keer om, om te zien hoe ze de sleutel in het slot stak, de deur opendeed en ten slotte in het trappenhuis uit het gezicht verdween.

Die eerste dag hielden we halt bij een kampeerterrein met veel bomen, waar allemaal dennennaalden op de grond lagen. Ik sliep met Erik en Gerard in twee kleine tenten, we hadden afgesproken om elke nacht van plaats te ruilen zodat er telkens maar een van ons drieën in zijn eentje hoefde te slapen, maar we hadden de tenten zo dicht bij elkaar gezet dat we vanuit de openingen tot diep in de nacht gegevens zouden kunnen uitwisselen. Omdat de zwakbegaafde jongen geen vrienden had, was hij van bovenaf ingedeeld bij Menno Koornhert en Bas Korver. Hij moest van hen wel in een aparte tent, Menno Koornhert, die uit een andere klas kwam, weigerde zelfs rechtstreeks het woord tot hem te richten.

We waren doodop van een hele dag tegen de wind in fietsen, dus die eerste nacht gebeurde er niet veel bijzonders. Ik was al half ingedommeld toen ik plotseling door een raadselachtig geluid werd gewekt, het was een soort hijgen, alsof iemand moeite had met gewoon ademhalen. Ik wreef mijn ogen uit en stak mijn hoofd naar buiten. In het licht van de maan zag ik een zachtblauw trainingspak, ergens een vijftigtal meter verderop voor een van de tenten. Het pak strekte zijn armen wijd naar beide kanten uit en boog zich daarna steeds naar voren om met de handen de voeten aan te raken. Ondanks de grote afstand was op het borstgedeelte van het pak duidelijk de kop van een konijn te onderscheiden.

12

Ik herinner me nog goed wat Van Baalen zei toen hij het woord mocht voeren op de begrafenis van de zwakbegaafde jongen. Het is namelijk op de laatste dag gebeurd, de dag voordat we weer naar huis zouden gaan; ik wist eerst niet of ik het wel goed gehoord had, maar die Van Baalen kreeg het dus letterlijk over zijn lippen dat het voor iedereen in elk geval een hele troost moest zijn dat de zwakbegaafde jongen in de laatste periode van zijn leven 'nog zo'n fijne week had gehad...' Een fijne week! Er zijn mensen bij wie het talent is aangeboren om aan alles een onverwachte noot toe te voegen. Hij had zich zelfs voor het eerst van zijn leven geschoren en een echt pak aangetrokken, hij dacht zeker dat ze dan wel alles zouden geloven wat hij daar bij elkaar stond te slijmen. Ik vind dat je je minstens vierentwintig keer moet bedenken voordat je voor iemand anders, die bovendien niets meer terug kan zeggen, gaat staan uitmaken of hij wel of niet 'een fijne week' heeft gehad, maar dat was voor die Van Baalen eigenlijk nooit echt een struikelblok geweest, bij de levenden niet, en dus ook niet bij de doden.

Over die fijne week wil ik vooral niet te lang uitweiden, misschien was het binnen een heel jaar Montanelli nog wel het minste van alle kwaden: dat je na lang aarzelen tussen gewoon meteen longkanker of langzame hersenverweking in godsnaam dan maar voor een werkweek zou kiezen. Overdag fietsten we in een sterke tegenwind door eindeloze dennenbossen, hoewel eindeloos niet helemaal het goedgekozen woord is. Je had namelijk nooit het gevoel dat er achter de volgende bocht nog weleens iets verrassends zou kunnen opduiken, overal stond het vol met bordjes en paaltjes en hekjes, alsof het parcours al van tevoren voor je was uitgezet. Zelfs van de horizon kreeg je soms het idee dat hij niet echt bestond, dat die ook al door iemand anders was bedacht. Meer dan eens stonden we met de hele troep wel een halfuur voor de een of andere autosnelweg te wachten totdat iedereen veilig aan de overkant was, het haalde zogezegd geen adem, er was dan wel frisse lucht, maar ongeveer net zoveel als er in de kooi van een kanarie is in te ademen. Ik weet nog hoe ik vroeger op zondag met mijn ouders door dat soort bossen ging wandelen, zij trokken er zelfs speciale schoenen voor aan en mijn vader hing een kijker om zijn nek, maar te midden van al die zandverstuivingen en dennenbomen had je werkelijk al je fantasie nodig om je in de zogenaamde vrije natuur te wanen. Af en toe zag je een troepje wilde zwijnen of herten voorbijrennen, die liepen de hele tijd schichtig om zich heen te kijken, alsof ze er ook geen zak van begrepen in wat voor wereld ze terechtgekomen waren. Het was een treurig gezicht, ik had altijd te doen met die beesten die maar wat heen en weer liepen te hollen van de ene groep natuurliefhebbers naar de andere, op elke kruising van twee paadjes kwam je namelijk wel weer zo'n familie tegen met chagrijnige kinderen en een vader die een beetje gewichtig van die veel te gedetailleerde wandelkaarten stond te bestuderen. Ze hadden altijd groene plastic jassen aan, voor de zogenaamde camouflage, alsof het zo'n hert of wild zwijn werkelijk ene reet zou kunnen schelen wat voor kleren je aantrekt wanneer je ze toch voortdurend voor de voeten loopt.

Op een keer stond de wind zo hard dat we al na een uur van onze fietsen stapten om even uit te rusten in een dorpscafé, maar daar wilde Schutte niets van horen. Hij zei dat we allemaal slappelingen waren en ook iets over mensen 'in de oorlog', die veel meer weerstand hadden en gigantische afstanden op de fiets aflegden om aan eten te komen. Ik keek naar Schuttes door de wind roodgeblazen gezicht en naar het konijn op zijn trainingspak, en ik vroeg me af of hij ook maar in de verste verte wist waar hij het over had, of hij niet gelijk aan de dunne zou raken wanneer de oorlog werd afgekondigd en of hij het niet van pure doodsangst op een lopen zou zetten. Hij was in elk geval een gemakkelijk doelwit, van een afstand van zeker vier kilometer zou je zijn kop eraf kunnen schieten met dat lichtgevende trappelpak van hem. 'Over drie kilometer is er weer een dorp,' zei Van Baalen, terwijl hij zijn fietskaart opvouwde, 'dan kunnen we daar toch stoppen?' De uitputting viel van zijn gezicht te lezen, maar hij was te schijterig om zich tegenover Schutte te laten kennen, en het was ten slotte Angelina Romeyn die zei dat drie kilometer verder er natuurlijk niks toe deed en dat ze het trouwens behoorlijk koud had, wat voorlopig een eind aan de discussie maakte.

's Avonds moest iedereen voor zichzelf koken, wat ook alweer zo leuk was dat je het bijna jammer moest vinden dat je het niet zelf had bedacht. Het was de bedoeling dat je elke avond een van de leraren uitnodigde om mee te eten. Dat leek op het eerste gezicht natuurlijk handig van ze bekeken, maar je moest een behoorlijk sterke maag hebben met wat er allemaal in die pannetjes gaar stond te pruttelen. Menno Koornhert was een van degenen die er nog het meest met de pet naar gooide. Bij hem ging alles direct vanuit het blik de pan in, daar hebben ze hem nog een hele avond lang over zitten doorzagen, dat dat toch echt niet het idee was van 'zelf koken' en dat hij anders maar beter naar huis kon gaan als hij niet begreep wat er nou eigenlijk precies met een werkweek bedoeld werd.

Wij hadden er in elk geval geen gras over laten groeien en meteen de eerste keer al Angelina Romeyn bij ons uitgenodigd. Ik pijnigde mijn hersens af om me zoveel mogelijk ingrediënten te herinneren van een recept dat ik ooit in mijn moeders Franse kookencyclopedie had gelezen. Gevulde kalfsborst heette het, maar daar hadden ze in die winkels in de provincie nog nooit van gehoord, evenmin als van de meeste producten die we daar van ons boodschappenlijstje oplazen. Het werd ten slotte spaghetti, met tonijnsalade vooraf en zelfgebakken frites, ook kochten we een heel pak kaarsen en vier flessen rode wijn. Pas na terugkomst bij de tent las Gerard op het etiket dat ze bij de bereiding van die wijn de druiven maar gemakshalve hadden weggelaten, dat het zogezegd regelrecht uit de fabriek kwam, en ook de kaarsen woeien bij die harde wind voortdurend uit, maar de grootste teleurstelling moest nog komen. Dat was dat uitgerekend Schutte kwam melden dat Angelina Romeyn zich die avond niet helemaal lekker voelde, maar dat het voor hem geen punt was om haar plaats in te nemen. Blijkbaar had niemand hem uitgenodigd, en wij natuurlijk helemaal niet, maar het was bijna niet te doen om nu nog nee te zeggen. 'Wat ruikt dat heerlijk,' zei hij terwijl hij het deksel van de pan oplichtte en daarna alvast ging zitten.

Het werd het soort etentje waarvan je je het liefst niets meer zou willen herinneren, maar daar heb je zelf helaas weinig over te zeggen. De hele avond heeft die Schutte ons aan het hoofd zitten zeiken over calorieën, koolhydraten en modderdiëten en wat er allemaal wel en niet goed voor je was wanneer je het lichaam 'in conditie' wilde houden, terwijl hij ondertussen constant zijn glas ophield om zich nog meer van die schele kopstootwijn te laten inschenken. Ik viel al na een paar uur om van de slaap, wat zeker niet alleen aan de wijn lag, maar ik zag aan de driftige gebaren waarmee Erik de borden opnieuw volschepte dat die zich behoorlijk zat op te winden. Er kwam ook inderdaad maar geen eind aan Schuttes lulverhalen over het ideale gewicht en de optimale spierfuncties, bovendien kon je aan dat saaie sporthoofd van hem toch meteen zien dat het onbegonnen werk was om het gesprek over een andere boeg te gooien: wat er bij dat soort types uit komt, dat is omgekeerd ook weer het enige dat erin gaat, als ik zo duidelijk genoeg ben.

Uiteindelijk werd het toch nog een leuke avond omdat hij ons met alle geweld een demonstratie wilde geven van wat je precies moest doen wanneer iemand je op straat zou proberen te beroven, daar had hij een trucje voor geleerd op de een of andere Koreaanse zelfverdedigingsschool waar hij op zat. Het kwam erop neer dat je iemand van opzij tegen zijn knieschijf moest trappen, dan scheurden zijn pezen en 'kon hij niets meer doen...' 'Ik zal heel zachtjes schoppen,' zei hij tegen Erik, die was opgestaan omdat hij dat weleens wilde zien. Schutte deed eerst een ongecontroleerde stap achteruit, waarbij hij het butagasstel met het restant spaghetti omver donderde, en had daarna sowieso de grootste moeite om rechtop te blijven staan. Hij haalde uit naar Erik, maar die stapte snel opzij en trapte Schutte vervolgens ongehoord hard tegen zijn eigen knieën. 'En kom nu maar op met het geld,' zei hij, terwijl Schutte met een van pijn vertrokken gezicht overeind probeerde te krabbelen. Hij wou gelijk weer opnieuw beginnen, maar wij wisten hem ervan te overtuigen dat het misschien beter was om nu maar een punt achter de avond te zetten.

'Je had hem wel dood kunnen trappen,' zei Gerard naderhand.

'Ja, maar ik was zelf ook niet helemaal nuchter meer,' zei Erik grijnzend. 'Daarom raakte ik hem niet hard genoeg.'

Om kort te gaan hadden we er al na een paar avonden schoon genoeg van om een beetje leuk sfeervol bij die voortdurend uitwaaiende kaarsen voor onze tenten te blijven rondhangen. Ik was op een middag tijdens het boodschappen doen langs een dorpsbioscoop gekomen waar een oude film draaide, *The African Queen*, met Humphrey Bogart en Katherine Hepburn, die had ik al twee keer gezien, maar alleen op de televisie, wat niet hetzelfde is als in de bioscoop. Menno ging ook mee, we vertrokken in het grootste geheim, want het was natuurlijk nooit aan dat soort figuren als Van Baalen en Schutte uit te leggen waarom je midden in de vrije natuur opeens zo nodig naar een film zou moeten, maar vlak buiten het kampeerterrein stapte er plotseling iemand vanuit het donker de weg op en knipte een zaklantaren aan. Het was de zwakbegaafde jongen.

'Ik weet waar jullie heen gaan,' zei hij, terwijl hij vlak voor Menno ging staan en hem met zijn benauwde piepstem in zijn gezicht hijgde. Menno probeerde hem de lantaren af te pakken, maar de zwakbegaafde jongen was hem te vlug af en verdween wild met zijn armen zwaaiend tussen de bomen uit het gezicht.

'Jezus christus,' zei Menno. 'Reken maar niet dat die zijn bek zal houden.'

Ik wil wel even zeggen dat ik normaal gesproken werkelijk het klamme zweet in mijn handen krijg als ik te lang naar dat hoofd van Katherine Hepburn moet kijken. Dat mens weet gewoon niets anders te bedenken dan een beetje zogenaamd tragisch met haar onderlip te gaan trillen, elke keer dat ze het volgens de regieaanwijzingen te kwaad moet krijgen. Ze kan haar kin ook niet stilhouden, ik begin altijd hardop te kreunen als ik daar langer dan vier seconden naar blijf kijken; alleen zie je dat in *The African Queen* allemaal met gemak door de vingers, gewoon omdat het zo'n goeie film is. Humphrey Bogart en Katherine Hepburn zitten met zijn tweeën op een klein bootje en daarmee zakken ze een rivier af ergens in Afrika. Ze zijn dus eigenlijk op de vlucht en op het eind blazen ze nog min of meer per ongeluk een Duits oorlogsschip op, maar daar gaat het in feite ook niet om. Het is het verhaal van twee mensen die door de samen doorgemaakte avonturen en ontberingen nader tot elkaar komen, zoals dat heet. Aan het slot zijn ze zelfs echt verliefd en vlak voordat ze zullen worden opgehangen, op dat Duitse oorlogsschip, trouwen ze met elkaar. Het zou goed zijn als er meer van dat soort films waren, dat is namelijk precies wat ik al eerder bedoelde, dat het ook wel zonder verhaal kan, dat het alleen maar vertelt over twee mensen die in een bootje een rivier afvaren en van elkaar gaan houden: meer hoeven ze mij niet te laten zien.

Ik heb altijd graag dat iedereen zijn hoofd dichthoudt wanneer je net uit de film komt, maar Menno was die avond goed op dreef en moest zo luid mogelijk verkondigen wat voor een kutfilm het eigenlijk was, dat je van zulke valse kitsch-emoties eczeem tussen je benen kreeg en dat het sowieso niet te geloven was 'wat die Amerikanen er soms van weten te bakken'. In vergelijkbare omstandigheden had ik hem misschien wel op zijn bek geslagen, maar ik zat nog zo diep met mijn kop in die film dat het me eigenlijk nauwelijks raakte. Soms als je uit de bioscoop naar buiten komt, is het net of het nog een tijdje doorgaat allemaal. Je loopt ook anders, lichter als het ware, en in die uitgestorven dorpsstraat met alleen maar donkere huizen waar nergens licht brandde, leek het wel of er ook voor mij een nieuw verhaal was begonnen, gewoon omdat ik liep en de dingen zich bewogen, dat je wilt weten wat er aan het eind van zo'n straat is. Ik had in het donker ook vrijwel dezelfde grijns op mijn gezicht als Humphrey Bogart, en terwijl ik door dat dorp liep was ik vooral benieuwd wat er daarna zou komen en of de wereld mij plotseling iets heel nieuws te vertellen zou hebben.

'Ik heb wel zeven keer een schone onderbroek aan moeten trekken,' brulde Menno. Ergens achter een staldeur begon een paard te hinniken en er ging een raam open, iemand schreeuwde iets naar buiten in een zo belachelijk en kwaadaardig dialect dat het wel duidelijk was dat niet iedereen die avond naar dezelfde film was geweest.

Schutte en Van Baalen stonden ons voor hun tent op te wachten. Ik weet gelukkig niet meer precies waar ze het over hadden, maar het kwam erop neer dat we 'hun vertrouwen hadden beschaamd' door er zomaar tussenuit te knijpen en dat ze ons de volgende dag op de eerste trein naar huis zouden zetten, omdat we blijkbaar niet hadden begrepen dat een werkweek van zichzelf al leuk genoeg was. Wat ik me nog wel veel te goed herinner, dat zijn die twee diepbedroefde gezichten, alsof je hun persoonlijk iets had aangedaan. 'Ik moet jullie vertrouwen hebben,' zei Van Baalen steeds weer opnieuw, nee, je had niet alleen de spelregels overtreden, je had twee levende wezens tot in het diepst van hun ziel teléúrgesteld, en of we daar alsjeblieft zo lang mogelijk van wakker zouden willen blijven liggen. Het was *The African Queen* die me die avond voor erger heeft behoed. Ik maakte me niet eens kwaad, ik wilde alleen maar dat het geouwehoer op zou houden, daarom zei ik dat we er inderdaad verkeerd aan hadden gedaan om naar de film te gaan, dat ik ze uit naam van ons allen mijn excuses aanbood en dat het nooit weer zou gebeuren. De anderen keken me met grote ogen aan, zelfs Van Baalen en Schutte werden er stil van.

'Nou, gaan jullie nu eerst maar slapen,' zei Schutte ten slotte. 'Dan zullen we morgen wel verder zien.'

‘Wat stond je daar nou te slijmen,’ zei Erik toen we naar onze tenten terugliepen. ‘Ik kon mijn lachen bijna niet inhouden.’

‘Ik ben blij dat je er nog om kon lachen,’ zei ik, terwijl ik mijn stem zo bedroefd mogelijk probeerde te laten klinken, ongeveer net zo bedroefd als de stem van Van Baalen toen hij zei dat hij ons vertrouwen moest hebben, maar het kwam er niet helemaal goed uit, omdat ik zelf ook al was begonnen te lachen. We lachten nu allemaal en we deden het zo zacht mogelijk, zodat ze ons vooral niet zouden horen, maar daarom lachten we wel veel langer. Toen we al ruim een uur in onze tenten lagen, lachten we nog steeds.

De volgende ochtend kwam Van Baalen ons met een bloedserieus gezicht vertellen dat ze ons ‘nog één kans wilden geven’. Op de een of andere manier leek hij nog ongeschorener dan anders en hij had diepe wallen onder zijn ogen. Ze hadden zich natuurlijk de halve nacht met zijn tweetjes liggen aftobben wat ze in godsnaam met ons aan moesten, het was vast en zeker ‘geen gemakkelijke beslissing’ geweest, dat kon ik me levendig voorstellen, en zo kwam het dat we de fijne week toch nog tot aan de laatste dag mochten meemaken.

13

Ik had de zwakbegaafde jongen er graag nog eens een keer flink van langs gegeven, maar het heeft niet zo mogen zijn. Tijdens die werkweek werd het alleen nog maar erger, dat ze hem voortdurend de hand boven het hoofd hielden en hem tegen alles in bescherming namen. Hij kon geen pan soep uit zijn poten laten flikkeren of met het butagasstel het tentzeil in vlam zetten, die leraren wisten alles wel weer met het een of andere lulpraatje in slappe banen te leiden. Het was moeilijk om dat allemaal aan te zien zonder van plaatsvervangende ellende door de grond te willen wegsmelten. Daar kwam nog bij dat ze hem onmiddellijk zaten aan te moedigen wanneer hij maar even een poging deed om boven zichzelf uit te stijgen. Op een middag reden we door zo'n saai heidelandschap waar werkelijk geen einde aan leek te komen, de regen sloeg met hele gordijnen tegelijk in je gezicht en elke keer als je door een plas reed spoot het water verticaal omhoog je broekspijpen in. Plotseling was er van ergens achter in de groep een verschrikkelijke kreet te horen. We draaiden allemaal onze hoofden om, en zo zagen we hoe Jan Wildschut de hele karavaan in één keer voorbij spurtte, zijn tong hing uit zijn mond, terwijl hij op de pedalen stond en zijn fiets maar ternauwernood in evenwicht wist te houden. 'Goed zo, Jan!' riepen Van Baalen en Schutte toen, alsof ze het tegen een kleuter hadden die zich voor het eerst in de box op zijn eigen benen weet op te richten, maar zijn fietstechniek was niet zoals het hoorde, het was net of die fiets sterker was dan hijzelf en hem voortdurend uit het zadel probeerde te werpen. Na honderd meter knalde hij met zijn knieën frontaal tegen een van die paaltjes die ze op fietspaden neerzetten zodat er geen auto's doorheen kunnen. De hele avond zijn ze toen bezig geweest om er zalf op te smeren en rekverbanden aan te leggen, maar ze trokken er zogezegd geen lering uit, die betweters dachten waarschijnlijk dat ze hem een dienst bewezen door zoveel mogelijk complimentjes over hem uit te storten, ook wanneer daar geen enkele aanleiding voor bestond. Het rampzalige was vooral dat je er niets van kon zeggen, dan kreeg je gelijk te horen dat je hem juist zijn gang moest laten gaan, omdat hij nou eenmaal zo zijn best deed om gewoon mee te doen. Nee, ik had de zwakbegaafde jongen graag nog eens een keer goed hard en langdurig op zijn stompzinnige kop willen timmeren, maar het is er niet meer van gekomen. Uiteindelijk heeft hij de eer aan zichzelf gehouden en is er op eigen houtje tussenuit geknepen.

Op die bewuste laatste dag waren Erik en Gerard en ik, samen met Menno, een eind voor de rest uit gefietst. We hadden de eeuwige bossen en de wuivende heidevelden inmiddels achter ons gelaten en waren in het gebied van de zogenaamde grote rivieren aangeland. Er stond het soort tegenwind waarbij je het liefst heel ergens anders bent, dat je het gevoel krijgt dat het zo'n landschap ook geen ene moer kan schelen wie zich daar nog uit eigen vrije wil doorheen worstelt en dat je met elke windstoot in je gezicht hardop wordt uitgelachen. We kwamen bij een enorme stalen brug, met in het midden zo'n gigantische boogvormige overspanning die als een soort omgekeerde hoogtevrees boven je uittorende, ik bedoel dat je er behoorlijk draaierig van werd als je per ongeluk omhoogkeek. Die rivier was kilometers breed en je kon ook al nauwelijks zien waar de andere oever begon. Op het midden gekomen stapten we af en hingen hijgend over de leuning. Het was weliswaar een indrukwekkend uitzicht, maar ik kan daar nooit te lang naar kijken. Bij dat soort veel te grote watervlaktes met van die grijze en traag deinende golven ga ik altijd aan de verkeerde dingen denken. Het komt misschien door al dat water, waar er gewoon te veel van is, of door de schepen die daar in de diepte onder je door varen en die allemaal ergens vandaan komen en ergens naartoe gaan, ik weet het niet, maar ik houd het liever iets kleiner. Dat de mensen zo'n waanzinnig grote brug hebben moeten bouwen om alleen maar van de ene oever naar de andere te kunnen, dat zegt volgens mij al genoeg over hoe de verhoudingen in feite toch liggen. Maar om een lang verhaal kort te maken was het in elk geval Menno die als eerste op de leuning is geklommen. Hij deed een paar passen en bleef toen met zijn handen in zijn zakken een beetje gewichtig naar beneden staan kijken, waarna Erik en ik natuurlijk niet achter konden blijven. Gerard bleef liever met zijn beide benen op de grond, en ik kon hem geen ongelijk geven, je had weliswaar genoeg ruimte op die leuning om je voeten naast elkaar te zetten, maar het was bijna niet te doen om tegelijkertijd ook nog in de diepte te kijken. Ik herinner me dat er net zo'n zwaarbeladen rijnaak voorbijkwam, op het dek stond een heel klein wit autootje geparkeerd en je zag hoe de golven over de boeg heen spoelden. Ik wilde juist weer terug op de begane grond springen toen de zwakbegaafde jongen aan kwam fietsen. Hij was alleen, misschien had hij opnieuw een spurt gewaagd om in zijn eentje de kopgroep te kunnen vormen, maar dat doet er ook niet toe. Jan Wildschut hield vlak voor ons halt en keek ons een voor een aan. Hij had de kraag van zijn winterjas opgezet en zijn sjaal had hij helemaal om zijn hoofd gewikkeld, zijn lippen bewogen, maar het werd niet duidelijk wat hij wilde zeggen. Daarna stapte hij af en parkeerde zijn fiets een paar meter verderop tegen de brugleuning.

Het was vooral Van Baalen die naderhand veel te uitvoerig en tot in alle details wilde horen of we dan werkelijk niets hadden gedaan om hem tegen te houden. Ik moet onmiddellijk toegeven dat dat nooit bij ons is opgekomen. Het was eerder zo dat we vooral nieuwsgíérig waren: nieuwsgierig naar wat er zou gaan gebeuren toen de zwakbegaafde jongen met houterige bewegingen op de leuning klauterde en vervolgens rechtop ging staan. Er lag een triomfantelijke grijns op zijn bleke kop terwijl hij daar met zijn handen in zijn zij naar ons stond te kijken, maar zijn triomf duurde niet langer dan een paar seconden. Het gebeurde net op het ogenblik waarop de hele troep de brug op kwam rijden, Schutte schreeuwde nog iets vanuit de verte, maar zijn woorden werden meteen door de wind aan flarden geblazen en zullen de zwakbegaafde jongen waarschijnlijk niet meer hebben bereikt. Zonder enige aanleiding deed hij plotseling een stap naar achteren, viel ruggelings in de verkeerde richting achterover en donderde toen in één keer door naar beneden.

De conclusie was snel getrokken. Dat wij daar nog altijd met zijn drieën boven op die brugleuning stonden, vormde natuurlijk het levende bewijs voor alles wat ze ons later in de schoenen hebben geschoven, maar daar zal ik het nu niet over hebben. Wat ik nog wel moet vertellen is dat uiteindelijk niemand een poot heeft uitgestoken om de zwakbegaafde jongen achterna te springen, ook Schutte niet, terwijl hij van het hele gezelschap toch zo ongeveer de enige aangewezen atleet was om die rol op zich te nemen. Nee, het bleef bij een hoop herrie en weinig wol vanaf de kant, Schutte rende de hele tijd heen en weer en brulde allemaal ontzettend zinnige aanwijzingen, dat hij naar de brugpijler moest zwemmen en dat soort dingen, maar Jan Wildschut had natuurlijk geen schijn van kans in dat ijskoude water, en bovendien had hij ook nog die veel te zware winterjas aan. Over de anderen kan ik maar beter zwijgen; die hadden helemaal geen flauw benul van hoe ze zich onder zulke omstandigheden moesten gedragen, ze stonden daar maar een beetje te gapen en heen en weer te draaien. Je kon het ze ook niet kwalijk nemen: ze hadden nog nooit iemand van zo dichtbij dood zien gaan. Ik heb me naderhand nog weleens afgevraagd wat ik gedaan zou hebben wanneer bijvoorbeeld Erik of Gerard erin gevallen was, of zelfs zo iemand als Menno, of ik dan misschien wel mijn leven zou hebben gewaagd, maar ik ben er nog steeds niet helemaal uit. Het is altijd makkelijk om achteraf de held te gaan spelen, ik wil me daarover vooral geen verkeerde illusies maken.

De enige die haar kop nog een beetje bij elkaar hield was Angelina Romeyn. Ze zei tegen Schutte dat hij naar de dichtstbijgelegen pijler moest rennen, daar was een trap naar beneden, en dat hij dan van daaraf in het water kon springen. Schutte had zo'n spiksplinternieuwe anorak aan, die hij die dag speciaal vanwege de weersomstandigheden over zijn trainingspak had aangetrokken, een donkergroen model met allemaal witte koordjes, en zijn hoofd zat helemaal in een capuchon ingesnoerd. Die capuchon trok hij uiteindelijk wel naar achteren, het leek er zelfs heel even op of hij daadwerkelijk achter de zwakbegaafde jongen aan zou duiken, maar het is bij dat ene gebaar gebleven. Hij schudde zijn hoofd en ging daarna opnieuw over de leuning hangen om weer verder te schreeuwen, maar toen was het inmiddels al ruimschoots te laat. Vanaf mijn hoge positie op de brugleuning zag ik hoe het hoofd van de zwakbegaafde jongen nog een paar keer op die zware golven op en neer deinde voordat het voorgoed in de diepte verdween. Het vreemde was vooral dat hij geen enkel geluid maakte. Dat is toch wat je je van tevoren bij zoiets voorstelt, dat iemand heel hard om hulp roept of iets dergelijks, maar Jan Wildschut zei helemaal niets. Ook wat dat betreft is hij tot aan de laatste ogenblikken van zijn leven zwakbegaafd gebleven.

Ze hebben ons niet eens meteen van school getrapt nadat het gebeurd was, daar hebben ze mee gewacht tot de kerstvakantie. Gerard is er min of meer uit zichzelf afgegaan, zijn ouders verhuisden naar het noorden van de stad, dus dat was alvast makkelijk. Tegen Menno en Erik zeiden ze dat een klassikale school wellicht een betere oplossing voor hen zou zijn, omdat ze zogenaamd niet zelfstandig genoeg waren voor het Montanelli Lyceum. Ik kreeg een kerstverslag waarin tussen neus en lippen alvast werd gefluisterd dat ik dat jaar opnieuw zou blijven zitten, dat er geen enkele hoop meer was, mijn vader kreeg in een begeleidend briefje te horen 'dat ik niet in het systeem paste...' Ja, bij vlagen hadden ze toch nog wel kijk op de dingen, ook al kwamen ze er dan pas vijfhonderd jaar na dato mee aanzetten. Ik heb mijn vader nooit verteld hoe de vork precies in de steel zat, soms kun je de waarheid maar beter voor je houden, vooral mensen die van alles maar de helft begrijpen kunnen daar al gauw enorm van in de war raken. Hij heeft nog geprobeerd me op een andere school te krijgen, maar ze wilden me nergens meer hebben, ook niet op de school met de trappen, het Erasmus College waar Cristina op zit, daar zaten ze ook zogenaamd al helemaal vol.

Dat ze ons niet onmiddellijk eraf hebben getrapt kwam omdat ze de aanleiding en het gevolg zo ver mogelijk uit elkaar wilden leggen, omdat wat er volgens hen was gebeurd nooit op het Montanelli Lyceum had kunnen gebeuren, nee, als ze dat zouden toegeven dan konden ze de boel wel gelijk dichtgooien, dan was het daar toch opeens een stuk minder gezellig dan ze altijd hadden lopen rondbazuinen. Daarom hebben ze ons gewoon nog een tijdje erop laten zitten, dat iedereen toch maar vooral zou blijven denken dat het alleen maar een ongeluk was geweest: als je geen daders hebt, dan heb je ook geen slachtoffer, zal wel zo ongeveer de logica zijn geweest die ze hebben gevolgd. Het ergste van alles is dat ze er ten slotte nog in zijn gaan geloven ook.

Laatst had ik een droom waarin het heel slecht afliep met het Montanelli Lyceum. Ik hou niet van mensen die over hun dromen beginnen te vertellen, maar deze ging over Maria Montanelli en over wat er zou gebeuren wanneer ze nog eens één keer zou mogen meemaken wat ze er op die school in haar naam van hadden gebakken, ook al was ze dan al veel te lang dood. Dat ze zich dus niet alleen maar in haar graf zou hoeven omdraaien, maar dat ze het echt met haar eigen ogen zou kunnen zien, en op welke manier ze vervolgens orde op zaken zou stellen. Ik ben er nu ruim vier maanden af, dat is waar ik vooral zo moe van word, dat het na zo'n tijd nog steeds door je kop blijft zagen allemaal, terwijl de schuldigen hun handen in onschuld wassen. Wat ik bedoel te zeggen is dat die Van Baalen en die Schutte en al die anderen tot aan hun dood de in die klaslokalen toch al nauwelijks aanwezige frisse lucht kunnen blijven vergiftigen met hun futloze kutpraatjes. Ook al maak je dat gebouw met de grond gelijk, dan blijft het oeverloze geouwehoer en het geloof in het eigen gelijk nog jarenlang hangen. Je zou het in elk geval niet bij het Montanelli Lyceum moeten laten, je moet die hele buurt steen voor steen afbreken, of hem vanuit de lucht in één keer platgooien. Dat ze tussen de halfverkoolde geitenkaasjes en de onherkenbaar verminkte avocado's uit Tanzania lekker lang zoeken hebben naar hun verloren identiteit, of naar nog iets veel ergers, omdat de psychiaters en de psychologen net als zijzelf onder de puinhopen om hulp liggen te kreunen, dat ze eindelijk weer eens op fietsen met houten luchtbanden langs de boerderijen moeten trekken en gewoon om aardappelen bedelen. Daar ging die droom ook over: dat het vanuit de lucht zou komen. Je hebt mensen die altijd heel ingewikkeld hun dromen gaan zitten verklaren; daar kan ik totaal niet tegen. Het is ook niet toevallig dat het meestal zulke luie niksdromen zijn dat je er wel iets achter móét zoeken, anders zijn ze ook werkelijk te saai om na te vertellen: dat het struikgewas voor de donkere plekken in je ziel staat, dat soort dingen, ik heb die types in het verleden veel te lang laten uitspreken. Het kan namelijk ook anders. Over mijn moeder heb ik bijvoorbeeld vaak dromen dat ze er nog is, al is ze dan meestal al wel ziek, ze woont plotseling op een ander adres, dat je je afvraagt waar ze al die tijd gebleven is en waarom ze dan nooit heeft gebeld, maar dat we van nu af aan tenminste weer gewoon door kunnen gaan waar het vroeger was opgehouden. Dat is wat ik wil zeggen, dat je ook dromen hebt waar helemaal niks mee bedoeld wordt en waar je ook niks hoeft te verklaren, omdat ze niet méér betekenen dan wat erin gebeurt. Zo'n soort droom was die van mij over Maria Montanelli.

In die droom stopte er een grote zwarte Mercedes voor het schoolplein, zo'n ouderwets model uit de jaren dertig, met aan weerszijden treeplanken en een reservewiel op de achterklep. Een geüniformeerde chauffeur liep om de Mercedes heen en maakte het achterportier open. Maria Montanelli droeg een breedgerande zwarte hoed en een eveneens zwarte jurk die tot op haar enkels viel. Met stevige passen liep ze naar de deur, de conciërge maakte een buiging, maar daar schonk ze nauwelijks aandacht aan. Op gedecideerde toon beval ze dat iedereen zich op de binnenplaats moest verzamelen. Het hoofd van de school stond zich zenuwachtig in zijn handen te wrijven, hij wilde haar een rondleiding geven, maar daar moest Maria Montanelli niets van horen. 'Wie is de jongen die mij de brief heeft geschreven?' vroeg ze toen we eenmaal met zijn allen op de binnenplaats stonden en het stil was geworden. Ik drong me door de dicht opeengepakte menigte naar voren, ik was er namelijk plotseling heel zeker van dat ik haar een brief had geschreven, een brief waarin ik haar had gevraagd of ze de arme kinderen in Napels misschien voor een paar dagen alleen zou kunnen laten om te komen kijken hoe het de kinderen verging die nog nooit in hun leven over het geld hadden hoeven nadenken.

Toen ik vlak voor haar stond vielen me vooral haar donkere ogen op, waarmee ze heel fel maar tegelijk ook bijna bedroefd om zich heen keek. Samen met Maria Montanelli liep ik langs de leraren, die zich in een rij hadden opgesteld. 'Je hoeft me niks meer te vertellen,' zei ze. 'Ik zie het zo ook wel.' Ze bleef staan voor Schutte, die een beetje op zijn sportschoenen op en neer stond te wippen alsof er elk moment een nieuwe wedstrijd kon beginnen. 'Wie is dit?' vroeg ze. 'Dat is onze gymnastiekleraar,' zei ik. Met een blik vol walging nam ze het trainingspak op, haar ogen bleven rusten op het konijn. 'Het is nog veel erger dan ik dacht,' fluisterde ze in mijn oor, 'waarom heb je me dat niet geschreven?' De hele zwik liep ze voorbij, Poortman, Schröders, Angelina Romeyn, Vermaas... Ze hield nog even stil bij Van Baalen, in die droom had hij opeens een waanzinnig glitterpak aan, er zat minstens vijftien liter gel door zijn haar en aan zijn voeten droeg hij van die ongelofelijk glanzende puntschoenen met veel te grote gespen. 'Grote god,' zei Maria Montanelli en schudde haar hoofd. Nee, ze wilde verder niemand meer zien. Met een verdrietig gezicht liep ze de binnenplaats af, in het hokje van de conciërge pakte ze de telefoon en draaide een heel lang nummer. Het was een tijdje stil en daarna barstte ze los in een onwaarschijnlijk snel Italiaans waar werkelijk geen woord van te verstaan was. Ze bedekte de hoorn met haar hand en boog zich naar mij toe. 'Wat zijn de coördinaten?' vroeg ze. 'De coördinaten?' zei ik. 'Voor de luchtmacht,' zei ze. 'Ze vegen het in één keer van de kaart.' Ik wilde nog tegen Maria Montanelli zeggen dat ik zelf inmiddels al helemaal niet meer op die school zat, dat ik er al lang van af was en dat ik er dus niets mee te maken had, maar ze stond al niet meer in het hokje van de conciërge. Door het raam zag ik hoe de chauffeur het portier van de Mercedes voor haar openhield, ze stapte in, waarna de auto met grote vaart de straat uit reed. Ik holde naar de buitendeur, maar die zat op slot. Ik rukte aan de deurknop, en vrijwel tegelijkertijd begon het luchtalarm te loeien. Het loeide harder dan andere keren, alsof het aan iedereen wilde laten horen dat het geen oefening maar menens was, dat de vliegtuigen al vlakbij waren en hun doel deze keer zeker niet zouden missen.

14

Een paar maanden geleden is mijn vader het huis uit gegaan en bij de weduwe ingetrokken. Nu komt hij ongeveer eens in de week langs en stopt dan een paar honderd gulden in een portemonnee die op de keukentafel ligt. Schuld wordt duur betaald. Ik koop alles waar ik maar zin in heb, vooral grammofoonplaten en eten, zes haringen tegelijk of een halve kilo gerookte zalm, dat geld is altijd al na een paar dagen verdwenen en dan ga ik meestal bij Erik thuis eten, zijn ouders doen daar nooit moeilijk over. Af en toe belt mijn vader me op en maken we een afspraak in een café, en dat is eigenlijk ook beter zo, dat je gewoon als mensen met elkaar afspreekt in plaats van dat je veel te geforceerd een beetje bij elkaar in huis blijft hangen vanwege de zogenaamde familiebanden en dat soort dingen. Een enkele keer vraagt hij heel voorzichtig wat ik in de toekomst van plan ben, maar als ik hem dan probeer uit te leggen dat ik voorlopig juist even helemaal niets wil gaan doen, dat ik eerst eens rustig over een aantal dingen wil nadenken, begint hij zo bedroefd te kijken dat ik niet meer weet hoe ik verder moet, en dan zitten we maar een tijdje stil tegenover elkaar totdat een van ons beiden over iets anders begint.

Van de meubels heeft hij niets meegenomen, zelfs zijn

schrijfbureau heeft hij hier laten staan, hij zegt dat het huis van de weduwe al helemaal vol staat, dat daar geen plaats meer is, hij heeft alleen een handjevol boeken in een koffer geladen, en zijn kleren natuurlijk. Ik zou zelf nooit in een huis gaan wonen waar er niets van mezelf is, maar daar heeft hij blijkbaar geen problemen mee. Hier is het nog steeds een even grote zooi als altijd, ik heb mijn bed in de woonkamer neergezet, waar ook de televisie staat, die andere kamers gebruik ik toch niet en zo houd ik het wat overzichtelijker. Er hangt nog wel die rampzalige stank, maar Erik en Gerard hebben beloofd dat ze me een dag zullen komen helpen om de hele handel in één keer op te ruimen. 'Ik begrijp niet dat je in die troep kunt leven,' zegt mijn vader wanneer hij hier op bezoek is, maar ik zit tenminste in mijn eigen stank, en dat kun je van hem niet zeggen. Hij denkt waarschijnlijk dat hij helemaal opnieuw kan beginnen door in een huis te gaan wonen waar alles van iemand anders is, met een schone lei, maar daar heeft hij helaas al de verkeerde leeftijd voor.

We hebben waardig afscheid genomen, die dag dat hij definitief vertrokken is. We klopten elkaar zo'n beetje op de schouder en ik gaf hem zelfs een kus op zijn wang, die hij wat ongemakkelijk beantwoordde, Het leek bijna of ík op dat moment de vader was, de vader die afscheid neemt van de zoon die het huis uit gaat om bij zijn aanstaande in te trekken. Alsof ik moest zeggen: 'Het ga je goed... Je weet dat je altijd kunt bellen...' Samen namen we de lift naar beneden, we hadden toen eigenlijk al weinig meer tegen elkaar te zeggen. Ik hielp hem zijn drie koffers in de achterbak van de Fiat te laden, daarna gaf hij me nog een keer een hand en stapte in. Bij de hoek moest hij voor het stoplicht wachten, en zo stond ik daar veel langer buiten dan ik in feite van plan was geweest, er zat niets anders op dan elke vijftien seconden nog even slapjes te zwaaien, maar uiteindelijk sprong het licht op groen. Hij sloeg rechts af de winkelstraat in en reed weg in de richting waar het huis van de weduwe lag.

Met Erik heb ik het erover gehad dat we binnenkort een grote reis gaan maken, dat we maar eens flink ver weg moeten om even iets heel anders te zien dan deze kankerbuurt waarmee het nooit meer goed komt. 'Waarom zien we je moeder nooit meer?' vroegen ze laatst in die viswinkel aan me, het gaat ook allemaal aan ze voorbij, wie er nog wel en wie er niet meer in leven is. Soms zit ik urenlang in een stoel voor het raam en kijk naar buiten, het is dan net of het er al niet meer toe doet, of ik eigenlijk al vertrokken ben. Ik zie de mensen die door de winkelstraat lopen. Allemaal proberen ze de indruk te wekken dat ze ergens naartoe gaan, dat ze gewoon boodschappen lopen te doen, terwijl ze misschien liever tegen iemand zouden willen zeggen dat het helemaal niet goed met ze gaat. Nee, ik moet hier zo snel mogelijk weg, het komt ook doordat het Montanelli Lyceum zo vlak om de hoek ligt dat je er voortdurend aan herinnerd wordt. Wanneer het pauze is, zie ik de leerlingen in bossen over de straat uitzwermen om snoep en frites te gaan kopen. Onlangs zag ik ook Van Baalen nog lopen, het was van dat weer dat je niet weet of het al avond wordt of dat de dag nog moet beginnen, maar dat doodgeslagen hondenhoofd en die kleren die als een onopgemaakt bed om hem heen hingen waren als altijd van een kilometer afstand uit duizenden te herkennen. Hij liep met zijn handen in zijn zakken langs de winkels en bleef af en toe staan om in een etalage te kijken. Ik kreeg bijna met hem te doen zoals hij daar een beetje in zijn eentje stond rond te hangen, ze zijn er in feite ook erger aan toe dan ik. Bij mij begint het weliswaar in mijn slapen te bonzen en krijg ik zo'n veel te heet gevoel in mijn nek en in mijn hals wanneer ik aan die school terugdenk, maar ik ben tenminste begonnen om zo nu en dan ook nog eens aan iets anders te denken, en dat is voor hen gewoon niet weggelegd. Zij hebben levenslang. Ze moeten er de rest van hun leven in blijven geloven, in de goedheid van de wereld, maar vooral in hun eigen goedheid, anders is alles voor niets geweest.

Ik zag hoe Van Baalen op zijn horloge keek en daarna weer terugliep in de richting van het Montanelli Lyceum, en ik kreeg plotseling ontzettende zin om Cristina te bellen. Ik draaide haar nummer, maar de telefoon werd opgenomen door dat hopeloze zenuwenwrak van een moeder, die zei dat ze niet thuis was. Ik weet niet of ik het me verbeeldde, maar er zat iets broeierigs in haar stem, alsof ze me goed wilde laten merken dat ze het al lang doorhad allemaal, dat de zaken in werkelijkheid heel anders in elkaar staken dan dat ik haar dochter alleen maar met huiswerk zou helpen. Ik moest aan Cristina's vader denken die waarschijnlijk op datzelfde ogenblik in zijn kamer met zijn rode potlood in die veertigduizend kranten zat te strepen, en ik kon ook wel begrijpen dat haar moeder ergens jaloers op was, op iets wat sterker was dan haar eigen leven dat al jaren geleden was afgelopen. Ik had alleen maar tegen Cristina willen zeggen dat we altijd bij elkaar moesten blijven, dat was eigenlijk het enige dat ik die keer tegen haar had willen zeggen.

Het is al met al niet zo dat het slecht met mij gaat. Het is eerder dat ik een hele tijd zo moe werd van alles, dat je het gewoon niet meer aan kunt horen, het ongeneeslijke geouwehoer van al die types die je met zo'n veel te eerlijk gezicht staan te vertellen wat het beste voor je is. Het is waar wat Erik zei, dat je niet wereldberoemder kunt worden dan dat iedereen om je heen van pure doodsangst zijn hoofd dichthoudt, dat dat het hoogste is wat je kunt bereiken, maar over dat laatste denk ik inmiddels toch anders. Als ik eenmaal echt wereldberoemd ben zeg ik juist helemaal niks meer. De ellende is alleen dat de mensen zich dan meteen geroepen zullen voelen om zelf hun bek open te trekken en je op al hun flutverhalen te trakteren. Nee, wat ik bedoel is dat het volkomen stil is, als in een stomme film, dat ze je niet meer vragen wat je nu eigenlijk wilt in dit leven, of waar je je toch tegen verzet, of wat je later wilt worden en of het wel goed met je gaat. Dat ze eindelijk eens allemaal hun mond houden, en als het helemaal stil is geworden, dat dan de held uit zijn stoel opstaat en er alleen nog een tekst in beeld verschijnt: 'Er wordt een nieuwe bladzijde omgeslagen. Hij gaat nu bedenken hoe het verder moet. *Hij heeft zijn hele leven nog voor zich.*'